VERDI
Rigoletto

ヴェルディ
リゴレット

小瀬村幸子=訳
髙崎保男=協力

音楽之友社

本シリーズは、従来のオペラ対訳とは異なり、原テキストを数行単位でブロック分けし、その下に日本語を充てる組み方を採用しています。ブロックの分け方に関しては、実際にオペラを聴きながら原文と訳文を同時に追うことが可能な行数を目安にしております。また本巻の訳文は、原文を伴う対訳という観点から、原文と訳文が対応していくよう努めて逐語訳にしてあります。その結果、日本語としての自然な語順を欠く箇所もありますが、ご了承ください。

目次

あらすじ 5
《リゴレット》対訳

第1曲 前奏曲 ··12
N. 1 **Preludio**

第1幕 ATTO PRIMO ··12
第2曲 導入曲　誰とも知れぬあの美しい町娘と ···12
N. 2 **Introduzione**　Della mia bella incognita borghese
（チェプラーノの伯爵夫人、公爵、リゴレット、ボルサ、マルッロ、チェプラーノの伯爵、モンテローネの伯爵、合唱）
(Contessa di Ceprano, Duca, Rigoletto, Borsa, Marullo, Conte di Ceprano, Conte di Monterone, Coro)

第3曲 二重唱［リゴレットとスパラフチーレ］〈あの老いぼれ、
N. 3 俺を呪った!!〉···25
Duetto ［Rigoletto e Sparafucile］〈Quel vecchio maledivami!!〉
（リゴレット、スパラフチーレ）
(Rigoletto, Sparafucile)

第4曲 叙唱　我らは同類! ···28
N. 4 と二重唱［ジルダ、リゴレット］　ああ、たのむ、哀れな者に
言わんでくれ ··31
Scena　Pari siamo!...
e Duetto ［Gilda e Rigoletto］　Ah! Deh non parlare al misero
（ジルダ、ジョヴァンナ、公爵、リゴレット）
(Gilda, Giovanna, Duca, Rigoletto)

第5曲 叙唱　ジョヴァンナ?… あたし後悔しててよ… ·································37
N. 5 と二重唱［ジルダと公爵］　愛とは心の太陽、生命 ·································39
Scena　Giovanna?... ho dei rimorsi...
e Duetto ［Gilda e Duca］　È il sol dell'anima, la vita è amore
（ジルダ、ジョヴァンナ、公爵、チェプラーノの伯爵、ボルサ）
(Gilda, Giovanna, Duca, Conte di Ceprano, Borsa)

第6曲 N. 6	アリア [ジルダ] グアルティエール・マルデー！… 慕わしい名よ ·· 42

Aria [**Gilda**] Gualtier Maldè!... Caro nome

(ジルダ、ボルサ、マルッロ、チェプラーノの伯爵、合唱)

(Gilda, Borsa, Marullo, Conte di Ceprano, Coro)

第7曲 N. 7	第1幕フィナーレ 〈戻ってきた！だが、なぜ？〉 ············ 44

Finale Primo 〈Riedo! perchè?〉

(ジルダ、リゴレット、ボルサ、マルッロ、チェプラーノの伯爵、合唱)

(Gilda, Rigoletto, Borsa, Marullo, Conte di Ceprano, Coro)

第2幕	**ATTO SECONDO** ··· 49
第8曲 N. 8	叙唱 私のあの娘が攫(さら)われた！ ······································· 50 とアリア [公爵] 私には涙が見えるようだ ··················· 51

Scena Ella mi fu rapita!

ed Aria Parmi veder le lagrime

(公爵、ボルサ、マルッロ、チェプラーノの伯爵、合唱)

(Duca, Borsa, Marullo, Conte di Ceprano, Coro)

第9曲 N. 9	叙唱 哀れなリゴレット！ ·· 54 とアリア [リゴレット] 廷臣どもよ、邪悪な卑劣漢よ ············· 58

Scena Povero Rigoletto!

ed Aria [**Rigoletto**] Cortigiani, vil razza dannata

(小姓、リゴレット、ボルサ、マルッロ、チェプラーノの伯爵、合唱)

(Paggio, Rigoletto, Borsa, Marullo, Conte di Ceprano, Coro)

第10曲 N. 10	叙唱 父さま！ ··· 60 と二重唱 [ジルダとリゴレット] 祝日にいつもお御堂で ········· 62

Scena Mio padre!

e Duetto [**Gilda e Rigoletto**] Tutte le feste al tempio

(ジルダ、リゴレット、ボルサ、チェプラーノの伯爵、先導役、モンテローネの伯爵、合唱)

(Gilda, Rigoletto, Borsa, Conte di Ceprano, Un Usciere, Conte di Monterone, Coro)

第3幕	**ATTO TERZO** ··67	
第11曲 N. 11	叙唱 ならば、あれが恋しい？ やっぱり ························68 **とカンツォーネ[公爵]** 女は気まぐれ[女心の歌]············71	

       Scena   E l'ami? Sempre

       e Canzone [Duca] La donna è mobile

       (ジルダ、公爵、リゴレット、スパラフチーレ)

       (Gilda, Duca, Rigoletto, Sparafucile)

第12曲 N. 12	四重唱 いつだったか、思い出せば確か ························72 **Quartetto** Un dì, se ben rammentomi

       (ジルダ、マッダレーナ、公爵、リゴレット)

       (Gilda, Maddalena, Duca, Rigoletto)

第13曲 N. 13	叙唱 スクード貨20枚と言ったな？ ································77 **三重唱と嵐[ジルダ、マッダレーナとスパラフチーレ]** ほんと人好きするよ、あの若い衆は ··81

       Scena Venti scudi hai tu detto?

       Terzetto e Tempesta [Gilda, Maddalena e Sparafucile]

       È amabile invero cotal giovinotto

       (ジルダ、マッダレーナ、リゴレット、スパラフチーレ、公爵、合唱)

       (Gilda, Maddalena, Rigoletto, Sparafucile, Duca, Coro)

第14曲 N. 14	叙唱 復讐の瞬間が！ ついに到来する！ ·························87 **と終幕の二重唱[ジルダとリゴレット]** 父さまを騙したの！ わたしが悪かったの！ ···91

       Scena Della vendetta! alfin giunge l'istante!

       e Duetto Finale [Gilda e Rigoletto] V'ho ingannato! colpevole fui!

       (ジルダ、リゴレット、スパラフチーレ、公爵、合唱)

       (Gilda, Rigoletto, Sparafucile, Duca, Coro)

あらすじ

時は16世紀、所はイタリア北部の町、マントヴァとその町外れ。

第1幕

　幕が上がるとマントヴァの公爵の宮廷の広間。今日もまた華やかな舞踏の宴が催されている。逸楽の日々を送る公爵は登場するや、ある町娘に思し召しのあることを廷臣に語り、一方ほかの貴婦人たちとも楽しみたい、恋は心のおもむくままにと大変な好色ぶり。宴のさなかに夫君の眼前でチェプラーノの伯爵夫人を誘って奥へ消える。憤懣やるかたない伯爵の様子は、不具の身を逆手にとって公爵の気に入りとなり、宮廷に悪意を振りまく道化、リゴレットの揶揄の的となる。そこへ騎士のマルッロが登場、道化が女を囲っていると告げる。日頃、彼のあくどい言動に恨みをもつ廷臣たちはそれを攫おうと申し合わす。宴の狂騒が最高潮というとき、反逆罪に問われながらも許されたモンテローネの伯爵が現れ、娘が公爵に陵辱されたことを猛撃する。伯爵は彼を捕えよと命ずる公爵に、そしてとりわけ父親の悲嘆を冷笑する道化に呪いを浴びせる。場面は変わって夜の街路。リゴレットは左手に娘のいる隠れ家、右手にチェプラーノの伯爵の屋敷がある袋小路のところへさしかかるが、呪いの言葉が脳裏を離れない。と、スパラフチーレと名乗る殺し屋に呼び止められ、闇の商売のルールを教えられる。立ち去る彼の後ろ姿を見ながら、剣と舌先と方法は異なるが、ともに人を殺める境遇にあると述懐する。さらに、権力と栄華を誇りながら腐りきった卑しい宮廷社会に身をおく自分の生き方に複雑な心情を吐露する。だが家の中には愛娘のジルダがいる。父と娘は二人きりの身寄りとして互いの愛情を確かめ合い、父は娘に世俗の魔の手がおよぶのを心配する。リゴレットにとって娘は生きる支えであり、あらゆる汚れを免れた、彼の理想を体現する存在でなければならない。そのとき足音を耳にし、彼は外を見にいく。その間に変装した公爵が召使に金を握らせて庭に身をひそめる。彼は目当ての乙女がリゴレットの娘と知る。娘を案じつつリゴレットが再び家をあとにし、ジルダが秘めた憧れの青年に思いを馳せると、当人が現れ、愛を告白する。彼は情熱的に、ジルダは躊躇しつつも、二人は愛

の喜びに浸る。が、人の気配に変装の公爵は急ぎ立ち去る。ジルダは別れ際に告げられた名に夢見心地でいる。外ではすでに廷臣たちが道化の妾と信ずる女を攫う段取りをしているが、たまたまリゴレットが引き返してきたためにチェプラーノの奥方を攫うのだと彼を騙し、仲間に引き込み、ジルダを連れ去る。事に気づいたリゴレットは呪いのせいと、髪を搔きむしって悶絶する。

第2幕

翌朝、公爵は館の接見室で行方知れずになったジルダを案じている。すると廷臣たちがリゴレットの妾を奪ってきたと報告、それぞジルダと察知した公爵は彼女のもとへ急ぐ。そこへリゴレットが登場。廷臣たちに探りを入れるうち娘が館にいるのを知る。彼は娘を返せと激しく迫り、ついには虚しく哀願する。突然、奥の間からジルダが走り出てくる。娘の告白に絶望したリゴレットは宮廷を去ろうと決心する。が、折しもモンテローネの伯爵が牢へ引かれていく。彼は自分の呪いも虚しかったと嘆き、それを耳にしたリゴレットは自分が公爵を討つと復讐を誓う。

第3幕

夜のミンチョ川のほとり。傍らにスパラフチーレが妹のマッダレーナを客引きにして営む居酒屋があるが、公爵になおも想いを寄せる娘を連れてリゴレットが登場、そこを覗かせる。間もなく士官姿の公爵が現れてマッダレーナを口説く。その姿に真心を裏切られたと嘆くジルダ。そこでいよいよリゴレットは復讐に取りかかることにする。娘に町を去るように命じたのち、スパラフチーレに半金を渡して公爵の殺害を依頼、夜中の12時に死骸をもらい受けると約する。時に嵐。居酒屋では公爵が眠りにつく。スパラフチーレは仕事にかかろうとするが、公爵に恋心を抱いたマッダレーナは彼を助けるためにリゴレット殺害をもちかける。客は裏切らないとするスパラフチーレは時間までに誰か来たらそいつを身代わりにと。旅支度の男装をしながらもまた戻ってきてしまったジルダはそれを耳にし、居酒屋の戸を叩く。そして真夜中。リゴレットは死体の入った袋を受け取り、復讐成就の喜びに浸る。だが、公爵の歌声が。驚愕して袋を開くと、中は瀕死の娘である。ジルダは親不孝を詫び、天国で母と父親のために祈ると言い残して息絶える。リゴレットはあの呪いと叫び、娘の亡骸の上に倒れ込む。

リゴレット
RIGOLETTO

3幕のオペラ

音楽＝ジュゼッペ・ヴェルディ Giuseppe Verdi（1813-1901）
台本＝フランチェスコ・マリア・ピアーヴェ Francesco Maria Piave（1810-1876）
原作＝ヴィクトール・マリ・ユゴー Victor Marie Hugo（1802-1885）の
戯曲 "Le Roi s'amuse"『王様はお楽しみ』（1832年初演）
初演＝1851年3月11日、ヴェネツィア、フェニーチェ劇場
リブレット＝リコルディ版に基づく

登場人物および舞台設定

リゴレット　Rigoletto（マントヴァ公付きの宮廷道化師）………バリトン
ジルダ　Gilda（リゴレットの娘）………………………………ソプラノ
マントヴァ公　Il Duca di Mantova（公爵号を有する領主）…テノール
スパラフチーレ　Sparafucile（刺客）…………………………バリトン
マッダレーナ　Maddalena（スパラフチーレの妹）…メッゾ・ソプラノ
　　　　　　　　　　　　　　　　　　　　　　　あるいは　アルト
モンテローネの伯爵　Il Conte di Monterone…………………バリトン
ジョヴァンナ　Giovanna（ジルダのうば）…………メッゾ・ソプラノ
マルッロ　Marullo（廷臣）………………………………………バリトン
ボルサ　Borsa（廷臣）……………………………………………テノール
チェプラーノの伯爵　Il Conte di Ceprano……………………………バス
チェプラーノの伯爵夫人　La Contessa di Ceprano…メッゾ・ソプラノ

16世紀、北イタリアのマントヴァ。

主要人物登場場面一覧

幕−曲	I−2	I−3	I−4	I−5	I−6	I−7	II−8	II−9	II−10	III−11	III−12	III−13	III−14
リゴレット	■				■	■	■	■		■	■	■	■
ジルダ			■	■				■	■	■	■	■	■
マントヴァ公	■		■			■		■		■	■	■	■
スパラフチーレ		■									■	■	■
マッダレーナ											■	■	■
モンテローネの伯爵	■								■				
ジョヴァンナ				■									
マルッロ	■					■	■						
ボルサ	■				■	■	■						
チェプラーノの伯爵	■				■	■							
チェプラーノの伯爵夫人	■												

第1幕
ATTO PRIMO

N. 1 Preludio　第1曲　前奏曲

Sala magnifica nel palazzo ducale con porte nel fondo che mettono ad altre sale, pure splendidamente illuminate; folla di Cavalieri e Dame in gran costume nel fondo delle sale; paggi che vanno e vengono. La festa è nel suo pieno. Musica interna da lontano e scroscii di risa di tratto in tratto.

公爵の館の豪奢な広間、舞台奥にいくつか扉があり、それは他の数室に通じ、そちらも煌々と明かりがついている。奥へと続くそれらの部屋々々には着飾った大勢の騎士と貴婦人。あちこち行ったり来たりする小姓たち。宴はたけなわである。遠くから舞台裏の音楽、そして時折、爆笑。

ATTO PRIMO　第1幕

N. 2 Introduzione　第2曲　導入曲

Scena prima
(Il Duca e Borsa che vengono da una porta del fondo)
第1景
（奥の扉の一つから出てくる公爵とボルサ）

DUCA
公爵
Della*mia bella incognita borghese
toccare il fin dell'avventura voglio.**

誰とも知れぬあの美しい町娘と
恋の戯れ、なしとげたいもの。

BORSA
ボルサ
Di quella giovin che vedete al tempio?

寺院でお見かけのあの娘と？

DUCA
公爵
Da tre mesi***ogni festa.

この三月（みつき）、祝日のたびに。

BORSA
ボルサ
La sua dimora?

その住まいは？

---

*ヴェルディは作曲中ピアーヴェの台本にそう多くはないが変更を加えて歌詞としたが、譜面の手稿には歌詞の部分にヴェルディの手でない書き込みによる変更もわずかにあって総譜の歌詞が出来上がっている。この対訳の歌詞は、原則としてヴェルディの手稿の歌詞を採用したシカゴ大学の改訂版によるリコルディ社の総譜を基底にしているが、ピアーヴェの原台本とヴェルディの変更を比べることは、細かなところでのヴェルディのイタリア語への語感、作劇のセンスを知るのに興味深いと思われるので、主なものについて注を付すことにした。原台本の部分はここに見るようにイタリックで示す。
de la mia bella / della との表記の違い。意味に差違はない。
** ～ *io* voglio と主語の io がある。
***tre *lune* / mesi でなく古語の lune が使われている。

DUCA 公爵	In un remoto calle; misterioso un uom v'entra ogni notte.	
	とある裏道だが、 何やら、毎夜、男がそこへ入っていく。	
BORSA ボルサ	E sa colei chi sia l'amante suo?	
	して、どなたか娘は知ってますので、 おのれに懸想(けそう)するお方が？	
DUCA 公爵	Lo ignora. *(Un gruppo di Dame attraversa la sala)*	
	気づいておらぬ。 (貴婦人、何人か一緒に広間を通っていく*)	
BORSA ボルサ	Quante beltà!... Mirate?**	
	なんと多くの美女！…ご覧に？	
DUCA 公爵	Ma vince***tutte di Cepran la sposa.	
	だがチェプラーノの奥方がすべてに優る。****	
BORSA ボルサ	*(piano)* Non v'oda il conte, o Duca...	
	(小声で) 伯爵が耳にしませぬよう、公爵…	
DUCA 公爵	A me che importa?	
	それが私に何とする？	
BORSA ボルサ	Dirlo ad altra ei potria...	
	あの御仁(おかた)、このこと、人に喋るやも…	
DUCA 公爵	Né sventura per me certo saria...	
	だとて、むろん私に不都合などなかろう…	

---

*台本では貴婦人と騎士、何人か一緒に〜となっている。
** Mirate! / 感嘆符であり、"ご覧を"と命令。
*** Le vince 〜 = 彼女らすべてに〜
**** チェプラーノはローマとナポリのちょうど中間に位置するリーリ川右岸の小さな町。チェプラーノの伯爵はこの町出身、あるいはこの町を支配する伯爵という設定か？ 後出ではチェプラーノの領主と訳した。

Questa o quella per me pari sono
a quant'altre d'intorno mi vedo;
del mio core l'impero non cedo
meglio ad una che ad altra beltà.

あれかこれか、私にはどちらも同じ、
まわりに見るほかの女性たち皆と、
この心の玉座、私は渡すことはない、
他の美女おいてただ一人に。

La costoro avvenenza è qual dono
di che il fato ne infiora la vita;
s'oggi questa mi torna gradita,
forse un'altra doman lo sarà.

あれら女の麗しさは、例えるなら賜り物、
それにて人の世飾ろうとて天意が賜るそんな、
で、今日、この女が好ましくあれば
おそらく明日は別の女がそうなろう。

La costanza, tiranna del core,
detestiamo qual morbo crudele,
sol chi vuole si serbi fedele;
non v'è* amor, se non v'ha libertà.

節操、それは心を縛るもの、
我らは酷い病と忌み嫌おう、
望む者だけ、操固くあるがいい、
自由なくして色恋沙汰はない。

De' mariti il geloso furore,
degli amanti le smanie derido;
anco d'Argo i cent'occhi disfido
se mi punge una qualche beltà.

私は亭主どもの悋気の怒り、
色男どもの逆上ぶりなど笑ってくれる、
アルゴスの百眼**だとて挑んでみせる、
誰ぞ美女が私をその気にさせるなら。

＊non v'*ha* amor, se non v'*è* libertà. / ha と è が入れ代わっている。意味に差違はない。
＊＊ギリシア神話に登場する百の眼を持つ巨人、その百眼を駆使して見張りに立った。

第1幕　　　　15

Scena seconda
(Detti, il Conte di Ceprano che segue da lungi la sua sposa servita da altro Cavaliere, Dame e Signori che entrano da varie parti. Intanto nelle sale in fondo si ballerà in Minuetto)
第2景
(前景の人物たち、夫でなく別の騎士に介添された妻のあとに距離をおいて続くチェプラーノの伯爵、あちこちから登場してくる貴婦人と貴族たち。一方、奥の部屋々々ではメヌエットが踊られることになる)

DUCA
公爵
(alla signora di Ceprano movendo ad incontrarla con molta galanteria)
Partite!* Crudele!
(チェプラーノの夫人と会うために彼女のそばへ行って、ひどく丁重に)
出立なさるとは！　無情な！

CONTESSA di CEPRANO
チェプラーノの伯爵夫人
Seguire lo sposo
m'è forza a Ceprano.
夫に従い
やむなくチェプラーノへ。

DUCA
公爵
Ma dee luminoso
in corte tal astro qual sole brillare.
Per voi qui ciascuno dovrà palpitare.

なれど明るく
これほどの明星、宮廷にて太陽さながら輝いてもらわねば。
ここではあなたゆえ、誰しも胸ときめかそうはず。

Per voi già possente la fiamma d'amore
inebria, conquide, distrugge il mio core.
(con enfasi baciandole la mano)

あなたゆえすでにはや、盛んに恋の炎、
私の心を酔わせ、捉え、とろけさせおります。
(大袈裟に彼女の手に口づけしながら)

CONTESSA di CEPRANO
チェプラーノの伯爵夫人
Calmatevi...
(Il Duca le dà il braccio ed esce con lei)
お静まりあそばして…**
(公爵、彼女に腕を貸し、連れ立って退場)

---

* Partite? = ご出立に？と疑問符になっている。
** 台本ではこの後に公爵の No = いいえ　がある。
―――で繋がれた箇所は同時に歌われることを示している。ただし何人かが同時に歌う中にある語句が単独の歌唱になったり、くり返しで重唱になるがはじめは単独であったりする場合などもあり、それを楽譜でない台本上にすべて示すのはあまりに煩雑なため、線引きは重唱の目安くらいの意味にとどめた。厳密さに欠けるが、ご了承いただきたい。

Scena terza
(Detti e Rigoletto che s'incontra nel signor di Ceprano; poi Cortigiani)
第3景
(前景の人物たちとリゴレット、彼はチェプラーノの領主*と顔を会わす。続いて廷臣たち)

RIGOLETTO
リゴレット

(al Conte di Ceprano)
In testa che avete,
signor di Ceprano?
(Ceprano fa un gesto d'impazienza e segue il Duca)

(チェプラーノの伯爵に)

おつむに何事がおありで、
チェプラーノの殿様?

(チェプラーノ、苛立ちの仕草をし、公爵の後を追う)

(ai Cortigiani)
Ei sbuffa! vedete?

(廷臣たちに)
あの御仁はご機嫌ななめ! ご覧に?

BORSA e CORO
ボルサと合唱

Che festa!

とんだ祝宴!

RIGOLETTO
リゴレット

Oh sì...

はあ、さようで…

BORSA e CORO
ボルサと合唱

Il Duca qui pur si diverte!

公爵は今またお楽しみか! **

RIGOLETTO
リゴレット

Così non è sempre? Che nuove scoperte!
Il giuoco ed il vino, le feste, la danza,
battaglia, conviti, ben tutto gli sta!...
Or della Contessa l'assedio egli avanza,
(ridendo)
e intanto il marito fremendo ne va.
(Esce. Intanto nelle sale si ballerà il Perigordino)

いつもこうでおられぬと? それはまた初耳!
賭博に酒、祭り、踊り、
合戦、祝宴はみなあの方にはお手のもの!…
今ころ伯爵夫人ご攻略に邁進されている、
(笑いながら)
とあれば夫君は胸騒ぐことになる。
(退場。この間、部屋々々でペリゴルディーノが踊られる)

---

*ヴェルディの手稿では Conte Ceprano = チェプラーノ伯爵と人名にしている。
**これは原作であるユゴーの戯曲のタイトル "Le Roi s'amuse = 王様はお楽しみ"から出た台詞。台本では
ボルサ1人の台詞。

Scena quarta
(Detti e Marullo premuroso)
第4景
(前景の人物たち、そして勢い込んだマルッロ)

MARULLO / マルッロ
Gran nuova! gran nuova!
大した知らせぞ！ 大した知らせぞ！

BORSA e CORO / ボルサと合唱*
Che avvenne? parlate!
何とした？ 話されよ！

MARULLO / マルッロ
Stupirne dovrete...
これには仰天されるはず...

BORSA e CORO / ボルサと合唱
Narrate! narrate!
語れ！ 語れ！

MARULLO / マルッロ
(ridendo)
Ah! ah! Rigoletto...
(笑いながら)
はっ！ はっ！ リゴレットが...

BORSA e CORO / ボルサ
Ebben?...
というと？...

MARULLO / マルッロ
Caso enorme!
とてつもない事件！

BORSA e CORO / ボルサと合唱
Perduto ha la gobba? non è più difforme?
瘤を無くした？ もはや畸形でない？

MARULLO / マルッロ
Più strana è la cosa...
(con gravità)
Il pazzo possiede...
それよりもっと事は奇怪...
(重々しく)
あのたわけ、持っておる...

BORSA e CORO / ボルサと合唱
Infine...
つまり...

---

*台本ではボルサの台詞を区別せずに単に合唱となっている。同様に5景の最後までピアーヴェは合唱とだけ記している。ボルサ、マルッロ、チェプラーノは合唱の一部でよいと考えたのだろう。ヴェルディは、概ね合唱と同じながらソリストを区別して譜面を作っているので、この対訳では〝ボルサと合唱〟等とする。

MARULLO マルッロ	Un'amante… 情婦を…	
BORSA e CORO ボルサと合唱	*(con sorpresa)* Un'amante!… Chi il crede? (驚いて) 情婦を！… 誰が信じる？	
MARULLO マルッロ	Il gobbo in Cupido or s'è trasformato!… 佝僂が今やキューピッドに変わりもうした！…	
BORSA e CORO ボルサと合唱	Quel mostro? Cupido! Cupido beato! あの化物が？ キューピッド！ キューピッドとは恐れ入る！	

Scena quinta
(Detti ed il Duca seguito da Rigoletto, poi da Ceprano)
第5景
(前景の人物たち、そして公爵、その後にリゴレット、さらに続いてチェプラーノ)

DUCA 公爵	*(a Rigoletto)* Ah più* di Ceprano importuno non v'è! La cara sua sposa è un angiol per me! (リゴレットに) ああ、チェプラーノを超えるうるさ型はおらぬ！ その愛しの奥方は私にとり天使というに！	
RIGOLETTO リゴレット	Rapitela. 彼女を攫いなされ。	
DUCA 公爵	È detto; ma il farlo? そう申して、だがなすのは？	
RIGOLETTO リゴレット	Stasera!** 今夜！	
DUCA 公爵	Non***pensi tu al conte? そなた、伯爵に思いおよばぬのか？	
RIGOLETTO リゴレット	Non c'è la prigione? 牢屋はございませんで？	

* *quanto* di Ceprano ～ = チェプラーノほどのうるさ型は～
** stasseraと表記している。意味は同じ。
*** Non でなく Nè。ほとんど意味に差はない。

DUCA 公爵		Ah, no! いや、ならん！
RIGOLETTO リゴレット		Ebben... s'esiglia.* されば… 追放にいたして。
DUCA 公爵		Nemmeno, buffone. それもならん、道化。
RIGOLETTO リゴレット		Allora**la testa... *(indicando di farla tagliare)* それでは頭を… （首を刎ねさせることを示して）
CEPRANO チェプラーノ		〈Oh l'anima nera!〉*** 〈ああ、腹黒い奴！〉***
DUCA 公爵		*(battendo con la mano una spalla al Conte)* Che di'? questa testa! （伯爵の片方の肩を手で叩きながら） 何と申す？　この頭と！
RIGOLETTO リゴレット		È ben naturale... Che far di tal testa?... A cosa ella vale? そりゃあ、もちろん… そんな頭でどういたします？… 何に役立ちます？
CEPRANO チェプラーノ		*(infuriato, battendo la spada)* Marrano! （激昂し、剣を叩きながら） 無礼者！
DUCA 公爵		*(a Ceprano)* Fermate! （チェプラーノに） やめられよ！
RIGOLETTO リゴレット		Da rider mi fa. 笑わせなさる。

---

*s'esi*li*a / 同じ単語の別表記。発音上は口蓋音と歯茎音の差が生じる。
**Adunque* la testa / 意味に差達はない。
***〈　　〉は独白、または他に聞こえないように特定の相手のみに小声で告げる台詞を意味する。

BORSA, MARULLO e CORO ボルサ、マルッロと合唱	*(tra loro)* In furia è montato!
	（互いに） 彼は激怒したぞ！
DUCA 公爵	*(a Rigoletto)* Buffone, vien qua. Ah sempre tu spingi lo scherzo all'estremo, quell'ira che sfidi, colpirti potrà.
	（リゴレットに） 道化、ここへまいれ。 やれやれ、そちはいつもふざけの度を過ごす、 そちの招くその怒り、そちを襲うやもしれぬぞ。
RIGOLETTO リゴレット	Che coglier mi puote? Di loro non temo, del Duca il*protetto nessun toccherà.
	なんの手前に命中し得よう？ 奴らなんぞ、怖かない、 この公爵様の気に入りには誰も手を出しゃしない。
CEPRANO チェプラーノ	*(ai Cortigiani a parte)* Vendetta del pazzo…** Contr'esso un rancore di noi chi non ha! Vendetta!
	（廷臣たちに、脇に寄って） あの無法者に腹いせを… あいつに恨み、 我らのうち誰が抱かずにいる！ 腹いせを！
BORSA, MARULLO e CORO ボルサ、マルッロと合唱	Ma come?
	だが、どのように？

---

*un protetto = 公爵様の気に入りなら。
**ここからの3行は台本では合唱のみの台詞になっている。改訂版ではこの部分はチェプラーノ1人、後に合唱が同じ台詞を繰り返す。

CEPRANO チェプラーノ	In armi chi ha core doman*sia da me. 度胸ある者はそのつもりで 明日、某(それがし)のもとへ。	
BORSA, MAKULLO e CORO ボルサ、マルッロと合唱	Sî. よし。	
CEPRANO チェプラーノ	A notte! 夜更けに！	
BORSA, MARULLO e CORO ボルサ、マルッロと合唱	Sarà. きっと。	
BORSA, MARULLO, CEPRANO e CORO ボルサ、マルッロ、 チェプラーノと合唱	Vendetta del pazzo... Contr'esso un rancore pei tristi suoi motti di noi chi non ha? あの無法者に腹いせを… あいつに恨み、 あれのあくどい所業ゆえ、 我らのうち誰が抱かずにいる？	
DUCA e RIGOLETTO 公爵とリゴレット	Tutto è gioia, tutto è festa. *(La folla dei danzatori invade la scena)* すべてが喜び、すべては宴(うたげ)。 (踊り手の一団が舞台に押し寄せる)	

---

* *Stanotte chi ha core* = 今晩、度胸ある者は / *sia in armi da me.* = そのつもりで某のもとへ。
　ピアーヴェの台本は、最初、ここに記したように"今晩リゴレットの情婦を攫いに行こう"と申し合わすものだった。これに対しヴェルディは劇中の時間経過を見直すように台本作家に求め、"明日行く"と変更がなされた。しかしその後この変更は徹底しなかったらしく、"今夜"として演奏されることが多かった。この邦訳ではシカゴ大学の改訂版もそうしているようにヴェルディの考える時間進行に従うが、ドラマとしてこの差違はかなり大きなものと言えよう。明日ということであれば、1幕7景でリゴレットがスパラフチーレと出会うのは一日経過しての夕ということになる。今夜とする演奏に慣れ親しんでいる読者の方もおられるだろうか。明日の方が妥当かと考えられるのは、2幕で廷臣たちが公爵に前夜の行動を語る合唱で、自分たちは"日が沈んで間もない時刻に"リゴレットの家を襲ったという台詞である。またリゴレットの呪いに対する不安感も、その晩でなく、一日過ぎてなおも強烈ということになろうか。

TUTTI 一同	Tutto è gioia, tutto è festa, Tutto invitaci a godere! Oh, guardate non par questa Or la reggia del piacer!	

すべてが喜び、すべては宴、
すべてが楽しめと我らを誘う!
ああ、ご覧あれ、ここは見えぬか、
今や、快楽の王宮と!

Scena sesta
(Detti e il Conte di Monterone)
第6景
(前場の人物たち、そしてモンテローネ*の伯爵)

MONTERONE モンテローネ	*(dall' interno)* Ch'io gli parli.	

(舞台裏から)
殿に話させていただこう。

DUCA 公爵	No...	

ならぬ…

MONTERONE モンテローネ	*(entrando)* Il voglio!	

(登場しながら)
そう願う!

TUTTI 一同	Monterone!	

モンテローネ!

MONTERONE モンテローネ	*(fissando il Duca con nobile orgoglio)* Sì, Monteron**... la voce mia qual tuono vi scuoterà dovunque...	

(貴族らしい誇りをもって、公爵を見据えながら)
さよう、モンテローン… 我が声は雷鳴のごとく
いずこであれ貴公を震え上がらせよう…

RIGOLETTO リゴレット	*(al Duca, contraffacendo la voce di Monterone)* Ch'io gli parli. *(Si avanza con ridicola gravità)*	

(公爵に、モンテローネの声を模して)
殿に話させていただこう。
(ふざけた重厚さで前へ進み出る)

＊モンテローネは実在の地名として存在しない。
＊＊この登場人物名はモンテローネであるが、人名等の最後の母音は、その前が l、m、n、r であると落とされて呼ばれることがあり、ここでも e を落としてモンテローンと言っている。後出のスパラフチーレがスパラフチールに、グアルティエーロがグアルティエールになるのも同じ。

> Voi congiuraste contro noi, Signore,
> e noi, clementi invero, perdonammo...
> Qual vi piglia or delirio... a tutte l'ore
> di vostra figlia a reclamar l'onore?

> そちらは我らに陰謀たくらみましたな、そちら様、
> で、我ら、まこと寛容にして、お許し申し上げた…
> それが今、いかなる狂乱そちらにとりつき… 時をかまわず
> そちらの娘御の名誉を主張するのやら？

MONTERONE
モンテローネ

(guardando Rigoletto con ira sprezzante)
> Novello insulto! Ah sì a sturbare
(al Duca)
> sarò vostr'orgie... verrò a gridare,
> fino a che vegga restarsi inulto
> di mia famiglia l'atroce insulto!

（蔑みを含む怒りを込めてリゴレットを見ながら）
> 重ねて侮辱を！ 必ずや、かき乱してくれよう、
（公爵に）
> 貴公の狂乱の宴を… 私は叫びに現れようぞ、
> 復讐されぬままにあるのを見るかぎりは、
> 我が家人への残忍なる侮辱が！

> E se al carnefice pur mi darete
> spettro terribile mi rivedrete
> portante in mano il teschio mio
> vendetta chiedere al mondo, a Dio.*

> たとえ貴公が私を首切人にわたそうと
> 凄まじき亡霊となりし私を見ることとなろう、
> 打ち落とされたおのれの頭を手に
> 世に、神に、復讐求めるのを。

DUCA
公爵

> Non più!... arrestatelo.

> もうよい！… 彼を召し捕れ。

RIGOLETTO
リゴレット

> È matto.

> 気がふれとる。

BORSA, MARULLO e CEPRANO
**ボルサ、マルッロと
チェプラーノ****

> Quai detti!

> 何たる言葉を！

---

*al mondo *e* a Dio = 世と神に。
**台本では合唱となっている。

MONTERONE モンテローネ	*(al Duca e Rigoletto)* Oh siate entrambi voi maledetti.	

(公爵とリゴレットに)
ああ、貴公ら、ともども呪われてあれ。

BORSA, MARULLO, CEPRANO e CORO
ボルサ、マルッロ、
チェプラーノと合唱

Ah!

ああ！

MONTERONE
モンテローネ

Slanciare il cane al leon morente
è vile, o Duca…

死に瀕する獅子に犬をけしかけるとは
卑怯である、公爵よ…

(a Rigoletto)
e tu serpente,
tu che d'un padre ridi al dolore,
sii maledetto!

(リゴレットに)
そして貴様、蛇め、
父親の悲嘆をば笑う貴様は
呪われてあれ！

RIGOLETTO
リゴレット

(da sè colpito)
〈Che sento! orrore!〉

(衝撃を受けて、独白)
〈なんと聞いた！ 恐ろしや！〉

TUTTI *(meno Rigoletto)*
一同 (リゴレットを除いて)

O tu che la festa audace hai turbato,
da un genio d'inferno qui fosti guidato;

不敵にも宴を乱したお主、
地獄の悪鬼に導かれてここへ来たな、

è vano ogni detto, di qua t'allontana…
va, trema, o vegliardo, dell'ira sovrana…
tu l'hai provocata, più speme non v'è,
un'ora fatale fu questa per te.
(Monterone parte fra due alabardieri; tutti gli altri seguono il Duca in un'altra stanza)

だが何を言おうと無駄ぞ、ここを立ち去れ…
行け、恐れよ、老いぼれ、君主の怒り…
お主はそれを搔き立てた、もはや望みはない、
今ぞ、お主にとり運のつきる時となった。
(モンテローネ、二人の鉾槍を持つ兵に挟まれ退場。他の全員、別室へと公爵に従う)

N. 3 Duetto　第3曲　二重唱

Scena settima
(L'estremità più deserta d'una via cieca. A sinistra una casa di discreta apparenza con una piccola corte circondata da muro. Nella corte un grosso ed alto albero ed un sedile di marmo; nel muro una porta che mette alla strada; sopra il muro un terrazzo praticabile, sostenuto da arcate. La porta del primo piano dà su detto terrazzo a cui si ascende per una scala di fronte. A destra della via è il muro altissimo del giardino e un fianco del palazzo di Ceprano. È notte)
第7景
(とある袋小路のまったく人影絶えた行き止まり。左手に塀に囲まれた小さな中庭のある普通の構えの家。中庭に一本の太く背の高い木と大理石のベンチ。塀には道路へ向けて入口が一つ、塀の上方にはアーチ型の構造に支えられた出入りの可能なテラス。二階の扉はそのテラスに面し、そこへは外階段で上がれる。小路の右手はチェプラーノ邸の庭の非常に高い塀と建物の側面になっている。夜である)

RIGOLETTO
リゴレット
(Rigoletto chiuso in ampio e bruno mantello; Sparafucile pure in mantello lo segue da lontano portando sotto il mantello una lunga spada)
〈Quel vecchio maledivami!〉
(黒っぽい大きなマントにくるまったリゴレット、その後をやはりマントにくるまり、その下に長剣を携えて、スパラフチーレが距離をおいて続く)
〈あの老いぼれ、俺を呪った！〉

SPARAFUCILE
スパラフチーレ
(Gli si avvicina)
Signor?...
(リゴレットに近づく)
旦那？…

RIGOLETTO
リゴレット
Va... non ho niente.
行け… 持合せなんぞない。

SPARAFUCILE
スパラフチーレ
Né il chiesi... a voi presente
un uom di spada sta.
それをねだったんじゃありませんぜ… おたくの前には
剣の使い手がいますんで。

RIGOLETTO
リゴレット
Un ladro?
盗人か？

SPARAFUCILE
スパラフチーレ
Un uom che libera
per poco da un rivale,
e voi ne avete...
さっぱりしてさしあげる男で、
お安く、敵手から、
して、そんなのがおたくにもおありと…

RIGOLETTO リゴレット	Quale?
	どんなのが？

SPARAFUCILE スパラフチーレ	La vostra donna è là.
	おたくの色があそこにおられる。

RIGOLETTO リゴレット	〈Che sento!〉 E quanto spendere Per un Signor dovrei?
	〈なんと聞いた！〉で、いくら払わにゃあ、 お偉方ってことだと？

SPARAFUCILE スパラフチーレ	Prezzo maggior vorrei…
	なるたけ高値が望みですがね…

RIGOLETTO リゴレット	Com'usasi pagar?
	どんなふうに支払うことに？

SPARAFUCILE スパラフチーレ	Una metà s'anticipa, Il resto si dà poi…
	半分、前金にして 残りは後払いで…

RIGOLETTO リゴレット	〈Dimonio!〉 E come puoi tanto sicuro*oprar?
	〈抜目ない奴！〉で、どうすりゃ きっとうまく仕留められる？

SPARAFUCILE スパラフチーレ	Soglio in cittade uccidere, oppure nel mio tetto. L'uomo di sera aspetto… una stoccata, e muor!
	いつも街でばらしてますぜ、 でなきゃあっしの家で。 相手の男を晩方、待ち伏せる… 一っ突き、でお陀仏に！

RIGOLETTO リゴレット	〈Dimonio!〉 E come in casa?
	〈恐ろしい奴！〉 して、家ならどうやって？

＊securo と表記。意味は同じ。

SPARAFUCILE スパラフチーレ	È facile... m'aiuta mia sorella... per le vie danza... è bella... Chi voglio attira... e allor...	

雑作もない…
妹＊が手伝うんで…
街で踊ってやして… 別嬪で…
あっしの望む奴を誘ってくる… で、そうなりゃ…

RIGOLETTO リゴレット	Comprendo...

分かった…

SPARAFUCILE スパラフチーレ	Senza strepito...

騒ぎもなく…

È questo il mio strumento,
(Mostra la spada.)
vi serve?

これがあっしの道具でして、
(剣を見せる)
おたくのご用に？

RIGOLETTO リゴレット	No... al momento...

いいや… さしあたっては…

SPARAFUCILE スパラフチーレ	*(Nasconde lo spadone)* Peggio per voi...

(長剣をしまう)
困るとすりゃ、そちらさんのほう…

RIGOLETTO リゴレット	Chi sa?...

どうだかな？…

SPARAFUCILE スパラフチーレ	Sparafucil mi nomino...

スパラフチールという名でさあ…

RIGOLETTO リゴレット	Straniero?

よそ者？

SPARAFUCILE スパラフチーレ	*(per andarsene)* Borgognone...

(立ち去りかけながら)
ブルゴーニュの者…

＊原語の sorella は妹か姉かの判断がつかないが、ここでは妹とした。

RIGOLETTO リゴレット	E dove? all'occasione?... して、どこで？ 入用の折は？…
SPARAFUCILE スパラフチーレ	Qui sempre a sera... ここでいつも晩方…
RIGOLETTO リゴレット	Va! 行け！
SPARAFUCILE スパラフチーレ	Sparafucil! スパラフチールと！
RIGOLETTO リゴレット	Va, va. *(Sparafucile parte)* 行け、行け。 （スパラフチーレ退場）

N. 4 Scena e Duetto　第4曲　叙唱と二重唱

Scena ottava
(Rigoletto, guardando dietro a Sparafucile)
第8景
（リゴレット、スパラフチーレのあとを見送りながら）

RIGOLETTO リゴレット	Pari siamo!... Io la lingua, egli ha il pugnale!... l'uomo son io che ride, ei quel che spegne! 我らは同類！… 俺は舌先を持ち、あいつは短剣を！… 俺は人を嘲る男で、あいつは消す男！ Quel vecchio maledivami!!... あの老いぼれは俺を呪いおったが!!… O uomini!... O natura!... vil scellerato mi faceste voi! 人間どもめ！… 造化の神め！… うぬらが俺を卑屈な悪党にしたのだ！ Oh rabbia!... esser difforme! esser buffone! ええい、忌々しい！… 畸形であるとは！ 道化であるとは！ Non dover, non poter altro che ridere!! Il retaggio d'ogni uom m'è tolto... il pianto! してならぬ、できもせぬとは、笑うほかに!! 俺には人間誰しも持つ賜り物が奪われている… 涙が！

Questo padrone mio,
giovin, giocondo, sì possente, bello,
sonnecchiando mi dice:
fa' ch'io rida, buffone...

俺のあの主人は

若く、陽気、あれほど権勢で、男前、

で、居眠りしながら俺にのたまう、

私を笑わせてみよ、道化…

Forzarmi deggio, e farlo.
Oh, dannazione!
Odio a voi, cortigiani schernitori!...
Quanta in mordervi ho gioia!
Se iniquo son, per cagion vostra è solo...

ご無理ごもっともで、せにゃならぬ。

ああ、なんてこった！

うぬら、冷笑家の宮廷人に憎しみが！…

どれほどうぬらに噛みつきゃ嬉しいか！

俺が邪悪なら、もっぱらうぬらのせいよ…

Ma in altr'uomo*qui mi cangio...

だが、俺もここでは別の人間に変わる…

Quel vecchio maledivami! Tal pensiero
perchè conturba ognor la mente mia?
Mi coglierà sventura! Ah no! è follia!

あの老いぼれ、俺を呪いやがった！この不安が

なぜいつまでも俺の頭をかき乱す？

禍いが俺を襲ってくる！まさか！気の迷いよ！

Scena nona
(Detto e Gilda. Rigoletto apre con chiave, ed entra nel cortile. Gilda esce dalla casa e si getta nelle braccia del padre)

第9景
(前場の人物とジルダ。リゴレット戸を鍵で開け、中庭へ入る。ジルダ家から出てきてリゴレットの腕の中に飛び込む)

| RIGOLETTO リゴレット | Figlia! 娘よ！ |

| GILDA ジルダ | Mio padre! 父さま！ |

* *uom* と表記。意味は同じ。

RIGOLETTO リゴレット	A te dappresso trova sol gioia il core oppresso.	

おまえのそばだと
ふさいだ心も喜びばかりになる。

GILDA ジルダ	Oh quanto amore!...	

まあ、なんてお優しさ！…

RIGOLETTO リゴレット	Mia vita sei! Senza te in terra qual bene avrei?	

おまえはわしの命！
おまえなしにこの世に何の幸せが持てよう？

GILDA ジルダ	Oh quant' amore! Padre mio!	

ああ、なんて愛情！ わたしの父さま！

RIGOLETTO リゴレット	O figlia mia! *(Sospira)*	

わしの娘よ！
(溜め息をつく)

GILDA ジルダ	Voi sospirate! che v'ange tanto? Lo dite a questa povera figlia...	

ため息おつきに！ 何がそんなに父さまを苦しめまして？
おっしゃってみて、この哀れな娘に…

Se v'ha mistero... per lei sia franto...
ch'ella conosca la sua famiglia.

秘密があるなら… 娘に打ち明けてもらえますように…
この娘は家族のこと、知りたいものと。

RIGOLETTO リゴレット	Tu non ne hai...	

おまえにそうしたものはない…

GILDA ジルダ	Qual nome avete?	

父さまはなんてお名ですの？

RIGOLETTO リゴレット	A te che importa?	

おまえに何の意味がある？

GILDA ジルダ	Se non volete di voi parlarmi...	

もしお嫌なら、
父さまのことお話しくださるのが…

RIGOLETTO リゴレット	(assorto ne' suoi pensieri interrompendola) Non uscir mai.

(自分の考えに耽り、彼女の言葉をさえぎって)
けして外へ出るでないぞ。

GILDA ジルダ	Non vò che al tempio.

お御堂のほか、まいりません。

RIGOLETTO リゴレット	Oh*ben tu fai…

ああ、おまえはそれでいい…

GILDA ジルダ	Se non di voi, almen chi sia fate ch'io sappia la madre mia.

父さまのことでなくても、せめて誰か
教えてくださいませ、わたしの母が。

RIGOLETTO リゴレット	Ah! Deh non parlare al misero del suo perduto bene…

ああ! たのむ、哀れな者に言わんでくれ、
失せてしまったあの幸せのことを…

Ella sentia, quell'angelo,
pietà delle mie pene…
Solo, difforme, povero,
per compassion mi amò.
(piangendo)

あの女は、あの天使は感じてくれていた、
わしの苦悩に憐れみを…
独りぼっち、畸形、みじめ、
そんなわしを同情から愛してくれた。
(涙しながら)

Ah moria!… le zolle coprano
lievi quel capo amato…

ああ、だが死んでいった!… 土くれが覆ってくれているよう、
そっとあの最愛の顔を…

> Sola or tu resti al misero…
> Dio,** sii ringraziato!…

> おまえだけは今、この哀れな者に残っている…
> 神よ、感謝されてあれ!…

---

* *Or* ben tu fai = だったら、おまえはそれでいい。
** *O* Dio / 呼びかけの感嘆詞 O がある。

GILDA　*(singhiozzando)*
ジルダ　Oh quanto dolor! che spremere
sì amaro pianto può?
Padre, non più, calmatevi...
mi lacera tal vista...

(すすり泣きながら)
まあ、なんてお苦しみ！それがしぼらせますの、
そんなにも悲しい涙を？
父さま、もうやめて、お気を静めて…
そんな様子はわたしを苛みますわ…

Il nome vostro ditemi,
il duol che sì v'attrista?

言ってもらえまして、父さまの名を、
そんなに父さまを悲します苦しみのことを？

RIGOLETTO　A che nomarmi?... è inutile!...
リゴレット　Padre ti sono, e basti...

名乗ってどうなる？… 役にも立たぬ！…
おまえにとって父親、それでよしとするのだ…

Me forse al mondo temono,
d'alcuni ho forse gli asti...
altri mi maledicono...

わしをあるいは世間では恐れている、
ある者たちの恨みをあるいはかっている…
別の者はわしを呪っている…

GILDA　Patria, parenti, amici
ジルダ　voi dunque non avete?

お国も、お身内も、友人も、
では父さま、おありになりませんの？

RIGOLETTO　Patria!... parenti!... amici!*...
リゴレット　国！… 身内！… 友人！…

(con effusione)
Culto, famiglia, patria,
il mio universo è in te!

(愛情をほとばしらせて)
信心も、家族も、国も
わしの全世界はおまえのうちにある！

＊Patria!…parenti!…*dici?* = 国！…身内！…と言うのか？

	GILDA ジルダ	Ah, se può lieto rendervi, gioia è la vita a me! ああ、父さまをお幸せにできるなら 生きるのはわたしには喜びです！
		Già da tre lune son qui venuta, né la cittade ho ancor veduta; se il concedete, farlo potrei*... もう三月前からここへ来ていますけど、 まだ町を見ていませんの、 もし許してくだされば、見物をしてもよいかと…
	RIGOLETTO リゴレット	Mai!... mai!... Uscita, dimmi, unqua sei? ならぬ！… けして！… 外へ、お言い、一度も出てないな？
	GILDA ジルダ	No! いいえ！
	RIGOLETTO リゴレット	Guai! 承知せんぞ！
	GILDA ジルダ	〈Ah! che dissi!〉 〈ああ！ わたし、なんてこと言ったの！〉
	RIGOLETTO リゴレット	Ben te ne guarda! 十分にわきまえるのだよ！
		〈Potrian seguirla, rapirla ancora! Qui d'un buffone si disonora la figlia, e se ne ride!**Orror!〉 〈誰かこの子のあとをつけ、攫うってこともあろうから！ ここじゃ道化の娘を辱しめて それでもって嘲笑う！ 恐ろしや！〉
		(verso la casa) Olà? (家の方へ向かって) おい？

---

*farlo *or* potrei = そろそろしてもよいかと。
**e *ridesi*! と表記。意味はそして嘲笑う。

Scena decima
(Detti e Giovanna dalla casa)
第10景
(前景の人物たちと家の中からジョヴァンナ)

GIOVANNA
ジョヴァンナ

Signor!

旦那様！

RIGOLETTO
リゴレット

Venendo, mi vede alcuno?
Bada, di' il vero...

いつもわしが来るとき、誰かが見てるってことは？
いいか、ありのまま言え…

GIOVANNA
ジョヴァンナ

Ah no! nessuno.

まあ、いいえ！ 誰も。

RIGOLETTO
リゴレット

Sta ben... La porta che dà al bastione
è sempre chiusa?

ならばよし… 高塀に面した扉は
いつも閉まってるな？

GIOVANNA
ジョヴァンナ

Ognor si sta!*

何時も閉じてます！

RIGOLETTO
リゴレット

(a Giovanna)
Ah! veglia, o donna, questo fiore
che a te puro confidai;
veglia attenta, e non sia mai
che s'offuschi il suo candor.

(ジョヴァンナに)
ああ！ 見張ってくれ、おまえ、この花を、
おまえに清いまま預けたこれを、
心して見張ってくれ、そして断じてないよう、
あれの純真無垢が曇るなどということが。

Tu dei venti dal furore,
ch'altri fiori hanno piegato
lo difendi, e immacolato
lo ridona al genitor.

おまえは、逆巻く風から、
ほかの花々手折った風から
これを守ってくれ、そして汚れないまま
父親に渡してくれ。

Lo fu e sarà = そうでしたし、これからもです。

GILDA
ジルダ

Quanto affetto!... quali cure!
Non temete, padre mio.
Lassù in cielo, presso Dio
veglia un angiol protettor!

なんて愛情！… なんという心くばり！
でも心配なさらないで、父さま。
向こうのお空で、神様のおもとで
守護天使が見守ってくれていますわ！

Da noi stoglie*le sventure
di mia madre il priego santo;
non fia mai disvelto o franto
questo a voi diletto fior!

わたしたちから不幸、取り除いてくれましてよ、
わたしの母さまの信心深いお祈りが、
ですもの、けして抜かれ、ちぎられることにはなりません、
父さまにとり愛しいこの花は！

RIGOLETTO
リゴレット

Ah! veglia, o donna, questo fiore
Che a te puro confi...

ああ！ 見張ってくれ、おまえ、この花を、
おまえに清いまま預け…

Scena undecima
(Detti ed il Duca in costume borghese dalla strada)
第11景
（前景の人物たちと道路から庶民の服装をした公爵）

RIGOLETTO
リゴレット

Alcun v'è**fuori...
(Apre la porta della corte e, mentre esce a guardare sulla strada, il Duca guizza furtivo nella corte e si nasconde dietro un albero; gettando a Giovanna una borsa la fa tacere)

誰か外にいる…
（中庭の戸を開き、それから道を見に出る間、公爵が中庭にうまく忍び込んで木の陰に隠れる。ジョヴァンナに財布を投げて黙らせる）

GILDA
ジルダ

Cielo!
Sempre novel sospetto!

大変だこと！
たえず次々に疑いが！

---

*Da noi *toglie* / 意味は変わらない。
**Alcun*o è* fuori… / 意味に差違はない。

RIGOLETTO リゴレット	*(Entrando dice a Giovanna)* Alla chiesa vi seguiva mai nessuno?	

(入ってきながらジョヴァンナに言う＊)
教会でけして誰もおまえたちをつけてこなかったか？

GIOVANNA ジョヴァンナ	Mai.

けして。

DUCA 公爵	〈Rigoletto!〉

〈リゴレット！〉

RIGOLETTO リゴレット	Se talor qui picchian＊＊ guardatevi da aprire!

時に誰かここを叩いても
開けるには用心するのだぞ！

GIOVANNA ジョヴァンナ	Nemmeno al Duca?

公爵様にもなりませんか？

RIGOLETTO リゴレット	Men che ad altri＊＊＊a lui! Mia figlia, addio.

ほかの者よりあのお人にはならぬ！
娘よ、ではな。

DUCA 公爵	〈Sua figlia!〉

〈彼の娘！〉

GILDA ジルダ	Addio, mio padre!

それでは、父さま！

RIGOLETTO リゴレット	Ah! veglia, o donna, questo fiore che a te puro confidai; veglia attenta, e non sia mai che s'offuschi il suo candor.

ああ！見張ってくれ、おまえ、この花を、
おまえに清いまま預けたこれを、
心して見張ってくれ、そして断じてないよう、
あれの純真無垢が曇るなどということが。

＊台本ではこの言葉をジルダに向けて言う。
＊＊picchia*no*, guardate *d'*apri*r* と表記。意味は同じ。
＊＊＊che *a tutti* a lui… = 誰よりあのお人には…

第1幕

	Tu dei venti dal furore, ch'altri fiori hanno piegato lo difendi, e immacolato lo ridona al genitor. おまえは、逆巻く風から、 ほかの花々手折った風から これを守ってくれ、そして汚れないまま 父親に渡してくれ。
GILDA ジルダ	Oh quanto affetto!... quali cure! Che temete, padre mio? Lassù in cielo, presso Dio, veglia un angiol protettor. まあ、なんて愛情！… なんという心くばり！ でも何を心配なさいますの、父さま？ 向こうのお空で、神様のおもとで 守護天使が見守ってくれていますわ。
RIGOLETTO リゴレット	Figlia! mia figlia! addio! 娘！ わしの娘よ！ さらば！
GILDA ジルダ	Padre! mio padre! addio! *(S'abbracciano e Rigoletto parte chiudendosi dietro la porta)* 父さま！ わたしの父さま！ それでは！ (二人、抱擁し合い、リゴレットは後ろ手に扉を閉めて退場)

N. 5 Scena e Duetto　第5曲　叙唱と二重唱

Scena dodicesima
(Gilda, Giovanna, il Duca, nella corte, poi Ceprano e Borsa a tempo sulla via)
第12景
(中庭にジルダ、ジョヴァンナ、公爵、後から時期を見て路上にチェプラーノとボルサ)

GILDA ジルダ	Giovanna?... ho dei rimorsi... ジョヴァンナ？… わたし後悔しててよ…
GIOVANNA ジョヴァンナ	E perché mai? でも、一体なぜ？
GILDA ジルダ	Tacqui che un giovin ne seguiva al tempio!... お御堂で若い方がつけてきたこと、黙ってたわ！…

GIOVANNA ジョヴァンナ	Perché ciò dirgli? L'odiate dunque cotesto giovin, voi?
	なぜそれを父上におっしゃることが？ さてはお嫌い、 その若い衆が、お嬢様は？
GILDA ジルダ	No, no, ché troppo è bello e spira amore...
	いえ、いえ、だってあまりに素敵で、恋を誘うわ…
GIOVANNA ジョヴァンナ	E magnanimo sembra e gran Signore.
	それに立派で、高貴な身分の方みたいですよ。
GILDA ジルダ	Signor né principe io lo vorrei; sento che povero più l'amerei.
	わたしは貴族や若様でないほうがいいわ、 貧しければいっそう好きになりそうな気がするの。
	Sognando o vigile sempre lo chiamo, E l'alma in estasi gli dice: t'a...
	夢見ても覚めていても、わたしいつもその方を呼び 心はうっとりその方に言うの、あなたを愛…
DUCA 公爵	*(Il Duca esce improvviso, fa segno a Giovanna d'andarsene, e inginocchiandosi ai piedi di Gilda termina la frase)* T'amo! T'amo, ripetilo sì caro accento, un puro schiudimi ciel di contento!
	(公爵、不意に現れ、ジョヴァンナに立ち去るように合図し、それからジルダの足許に跪きながら彼女の言葉を言い継ぐ) あなたを愛しています！ あなたを愛していると、これほど尊い言葉をもっと言ってほしい、 まことの喜びの天国、僕に開いてほしい！
GILDA ジルダ	Giovanna?... Ahi, misera! non v'è più alcuno che qui rispondami!... Oh Dio!... nessuno?
	ジョヴァンナ？… ああ、困った！ もう誰もいないのね、 ここにはわたしに答えてくれる人は！… ああ、神様！… 誰も？
DUCA 公爵	Son io coll'anima che ti rispondo... Ah due che s'amano son tutto un mondo!...
	この僕です、心から君に答えるのは… ああ、愛し合う二人はそれで全宇宙です！…
GILDA ジルダ	Chi mai, chi giungere vi fece a me?
	一体誰が、誰があなたをわたしのもとへよこしたのです？

DUCA 公爵		Se*angelo o demone che importa a te? Io t'amo...

    天使でも悪魔でも、君にどんな意味が？
    僕は君を愛している…

GILDA
ジルダ

  Uscitene.

    出てってください。

DUCA
公爵

  Uscire!... adesso!...
  ora che accendene un foco**istesso!...

    出ていく！… 今！…
    同じ一つ炎が僕たちを燃え立たす時に！…

Ah inseparabile d'amore il Dio
stringeva, o vergine, tuo fato al mio!

  ああ、分かちがたく愛の神が
  結び合わせていたのだ、乙女よ、君の運命を僕のに！

È il sol dell'anima, la vita è amore,
sua voce è il palpito del nostro core...

  愛とは心の太陽、生命、
  その声は僕たちの胸のときめき…

e fama e gloria, potenza e trono,
umane,*** fragili qui cose sono.****

  名声も栄光も、権勢も玉座も
  今はもう人の世のはかないもの。

Una pur avvene sola, divina,
è amor che agli*****angeli più ne avvicina!

  ただ一つ、清く、神々しいものがある、
  それは僕たちをより天使に近づける愛！

Adunque amiamoci, donna celeste,
d'invidia agli uomini sarò per te!

  ならば僕たちは愛し合おう、天来の乙女よ、
  僕は君ゆえ男どもの羨望の的となることだろう。

---

* *S'angelo* と表記。意味は同じ。
** fuoco と表記。意味は同じ。
*** *Terrene*, fragili 〜 = *地上のはかない* 〜
**** *cose qui sono* の語順。
***** 改訂版では定冠詞 gli とその前置詞との結合形、また指示形容詞の quegli について、次に来る母音が "i" でない場合もすべて "gl'" と表記している。歌唱のとき gli の発音を少し緩やかに自由にするためか？

GILDA ジルダ	〈Ah de' miei vergini sogni son queste le voci tenere sì care a me!〉
	〈ああ、わたしの乙女の夢とはこれだわ、わたしにこんなに慕わしいこの優しい言葉よ！〉
DUCA 公爵	Che m'ami, deh ripetimi?
	僕を愛すと、どうか、何度も言ってくれるね？
GILDA ジルダ	L'udiste!
	もう聞かれましたわ！
DUCA 公爵	Oh me felice!
	ああ、幸せな僕！
GILDA ジルダ	Il nome vostro ditemi… *(Compariscono sulla strada Ceprano e Borsa)* Saperlo a me*non lice?
	あなたの名をおっしゃってくださいませ… (路上にチェプラーノとボルサが現れる) わたしには知ること、いけませんの？
CEPRANO チェプラーノ	Il loco è qui… *(a Borsa dalla via)*
	場所はここよ… (路上でボルサに)
DUCA 公爵	*(pensando)* Mi nomino…
	(考えながら) 僕の名は…
BORSA ボルサ	*(a Ceprano)* Sta ben! *(E partono)*
	(チェプラーノに) ようし！ (これで二人、姿を消す)

＊Saperlo non *mi* lice ／ 意味は変わらない。

DUCA 公爵	Gualtier Maldè... studente sono... e*... povero... *(Giovanna torna spaventata)* グアルティエール・マルデェ… 学生です… そして… 貧乏な… (ジョヴァンナ、怯えて戻ってくる)	
GIOVANNA ジョヴァンナ	Rumor di passi è fuore... 外で足音がします…	
GILDA ジルダ	Forse mio padre... もしや父さま…	
DUCA 公爵	⟨Ah cogliere potessi il traditore che sì mi sturba!⟩ ⟨ああ、いっそ引っ捕えて やりたいもの、裏切者めを、 こうして私の邪魔をするなどと!⟩	
GILDA ジルダ	*(a Giovanna)* Adducilo di qua al bastione... or**ite... (ジョヴァンナに) この方をお連れして、 ここから高塀へ… さあ、行って…	
DUCA 公爵	Di', m'amerai tu?... 言ってほしい、君はずっと愛してくれるね？…	
GILDA ジルダ	E voi? それで、あなたは？	
DUCA 公爵	L'intera vita... poi... 一生涯… それから…	
GILDA ジルダ	Non più... non più... partite! もう駄目… もう駄目… お行きになって！	

*e... = そして… はない。
**or = さあ はない。

A DUE
Addio... speranza ed anima
sol tu sarai per me.
Addio... vivrà immutabile
l'affetto mio per te.
(Il Duca entra in casa scortato da Giovanna. Gilda resta fissando la porta ond'è partito)

二人で
さようなら… 希望と命です、
これから僕／わたしにはあなただけが。
さようなら… 変わらずつづくことでしょう、
僕／わたしのあなたへの思いは。
(公爵、ジョヴァンナに案内されて家の中へ入る。ジルダは彼が立ち去った扉を見つめながらその場にとどまる＊)

N. 6 Aria　第6曲　アリア

Scena tredicesima
(Gilda)

第13景
(ジルダ)

GILDA
Gualtier Maldè!... nome di Lui sì amato,
ti scolpisci**nel core innamorato!

ジルダ
グアルティエール・マルデェ！… あの方のとても愛しい名、
お前はこの恋する心に刻みついていてよ！

Caro nome che il mio cor
festi primo palpitar,
le delizie dell'amor
mi dei sempre rammentar!

慕わしい名よ、わたしの心を
初めてときめかせた名よ、
おまえは愛の喜びを
いつもわたしに思い出させるに違いないわ！

＊改訂版によるこのト書きは総譜の手稿（台本も同じ）のままだが、レコードのブックレットの台本、その他には家の中へ入るというのを"外へ出る"としているものもかなりある。中へ入るというこのト書きであると、リゴレットの家の塀には外へ出られる別の出入り口があることになる。
＊＊ *Scolpisciti* nel core と表記。意味は同じ。

第1幕

Col pensiero il mio desir
a te sempre*volerà,
e fin**l'ultimo sospir,
caro nome, tuo sarà.
(Entra in casa e comparisce sul terrazzo con una lanterna per vedere anco una volta il creduto Gualtiero, che si suppone partito dall' altra parte)

思うたび、わたしの憧れは
いつもおまえのもとへ飛びゆくでしょう、
そして最後の吐息もまた
慕わしい名よ、おまえへのものでしょう。

(家の中に入り、それから角灯を手に、もう一方の側から出ていったはずのグアルティエーロと信じている人物をもう一度見ようとテラスに現れる***)

Scena quattordicesima
(Marullo, Ceprano, Borsa, Cortigiani armati e mascherati dalla via. Gilda sul terrazzo che tosto rientra)

第14景
(街路に武装して覆面したマルッロ、チェプラーノ、ボルサ、廷臣たち。テラスにいてすぐまた家の中へ入るジルダ)

BORSA ボルサ	*(indicando Gilda al Coro)* È là... (合唱にジルダを指し示しながら) あそこだ…
CEPRANO チェプラーノ	Miratela... ご覧あれ…
CORO 合唱	Oh quanto è bella! おお、なんと別嬪!
MARULLO マルッロ	Par fata od angiol. 仙女か天使****のようだ。
CORO 合唱	L'amante è quella di Rigoletto. あれが情婦か、 リゴレットの。

---

*A te *ognora* / 意味は変わらない。改訂版はこの部分の繰返しでは sempre ではなく ognora を取っている。
**E *pur* l'ultimo sospir = そしてやはり最後の吐息も。改訂版では sospir は繰返しで sospiro としている。
***単に"家の中へ入り、それからゆっくりテラスへ上がる"という、改訂版やその他のト書きもある。
****どちらも美しく清らかで純真な存在を表すが、仙女は地上に、天使は天に属する者を意味する。

N. 7 Finale Primo　第1幕フィナーレ

Scena quindicesima
(Detti e Rigoletto concentrato)
第15景
(前景の人物たちと思いに耽るリゴレット)

RIGOLETTO / リゴレット
〈Riedo! perchē?〉
〈戻ってきた！ だが、なぜ？〉

BORSA / ボルサ
Silenzio... all'opra... badate a me.
静かに… 取りかかるぞ… 某（それがし）に注目を。

RIGOLETTO / リゴレット
〈Ah da quel vecchio fui maledetto!〉
(Urta in Borsa)
Chi va là?*
〈ああ、俺はあの老いぼれに呪われた！〉
(ボルサにぶつかる)
そこに誰だ？

BORSA / ボルサ
(ai compagni)
Tacete... c'è Rigoletto!
(仲間に)
黙せ… リゴレットがいる！

CEPRANO / チェプラーノ
Vittoria doppia!... l'uccideremo!
一挙両得！… 奴を片づけよう！

BORSA / ボルサ
No... chē domani più rideremo...
いいや… 明日もっと笑えようから…

MARULLO / マルッロ
Or tutto aggiusto...
ここは万事、我輩が細工しよう…

RIGOLETTO / リゴレット
Chi parla qua?
そこで誰がしゃべってる？

MARULLO / マルッロ
Ehi... Rigoletto!... Di'...
おや… リゴレット！… どうした…

＊Chi è là? / 意味に差違はない。

RIGOLETTO リゴレット	*(con voce terribile)* Chi va là?	

(凄味のある声で)
何奴がそこに？

MARULLO マルッロ	Eh non mangiarci!... Son...

まあ、そう嚙みつくな！… わたしさ…

RIGOLETTO リゴレット	Chi!...

何者！…

MARULLO マルッロ	Marullo.

マルッロよ。

RIGOLETTO リゴレット	In tanto buio lo sguardo è nullo!

こう暗がりでは目が利かぬ！

MARULLO マルッロ	Qui ne condusse ridevol cosa... Torre a Ceprano vogliam la sposa.

笑い種が我らをここへ連れきてな…
チェプラーノの奥方を攫ってやるのよ。

RIGOLETTO リゴレット	〈Ahimè, respiro!...〉 Ma come entrare?

〈やれ、ほっとしたわ！…〉 だが、どうやって入る？

MARULLO マルッロ	*(piano a Ceprano)* La vostra chiave! *(a Rigoletto)* Non dubitare!

(チェプラーノにそっと)
貴殿の鍵を！
(リゴレットに)
心配するな！

Non dee mancarci lo stratagemma...
(Gli dà la chiave avuta da Ceprano)
Ecco le chiavi...

我らに計略、欠けるわけもない…
(チェプラーノから受け取った鍵を彼に渡す)
それ、鍵だ…

RIGOLETTO リゴレット	*(palpando le chiavi)* Sento il suo stemma. ⟨Ah terror vano fu dunque il mio!⟩ *(respirando)* N'è là il palazzo... con voi son io.	

（鍵に触れてみながら）
奴の紋章の手触りだ。
⟨ああ、ならば俺のは杞憂だったか！⟩
（ほっと息をつぎながら）
目指す屋敷はそこ… 手前もそちらさんのお供を。

MARULLO マルッロ	Siam mascherati...

我らは覆面しておるが…

RIGOLETTO リゴレット	Ch'io pur mi mascheri; a me una larva?...

手前も覆面したいもの、
手前に面を？…

MARULLO マルッロ	Sì, pronta è già. *(Gli mette una maschera, e nello stesso tempo lo benda con un fazzoletto e lo pone a reggere una scala, che avranno appostata al terrazzo)* Terrai la scala...

よし、すでに用意ずみよ。
（彼に覆面をかぶせ、同時にハンカチで目隠しをし、それから彼らがテラスに立てかけておいた梯子を押さえさせる）
梯子を押さえるのだ…

RIGOLETTO リゴレット	Fitta è la tenebra...

この闇はきついな…

MARULLO マルッロ	*(ai compagni)* La benda cieco e sordo il fa.

（仲間に）
目隠しで奴は見ざる聞かざる。

BORSA, MARULLO, CEPRANO e CORO ボルサ、マルッロ、チェプラーノと合唱	Zitti, zitti, moviamo a vendetta, ne sia colto or che meno l'aspetta. Derisore sì audace, costante, a sua volta schernito sarà!... Cheti, cheti, rubiamgli l'amante e la Corte doman riderà. *(Intanto che si canta questo Coro alcuni salgono al terrazzo, rompono la porta del primo piano, scendono, aprono agli altri che entrano dalla strada)*

しっ、しっ、仇討ちに取りかかろうぞ、
やってしまえ*、奴が予想もしてない今のうち。
たえずああして臆面なしの皮肉野郎、
今度こそは奴の番、嘲(あざけ)られることになる!…
そっと、そっと、奴の情婦を盗もうぞ、
これで明日は宮廷あげて笑うことになる。

(この合唱が歌われる間に何人かがテラスへ上り、2階の戸を破り、下りてきて道から入る他の者たちのために戸口を開ける)

Zitti, zitti, zitti, zitti,
cheti, cheti, cheti, cheti,
attenti all'opra, attenti, all'opra.
(Partendo una parte entra nel cortile; alcuni s'internano nella casa. Trascinano Gilda, la quale avrà la bocca chiusa da un fazzoletto. Nel traversare la scena, ella perde la sciarpa)

しっ、しっ、静かに、静かに、
そっと、そっと、慌てず、慌てず、
手筈(てはず)に注意を、手筈に注意を。

(外へ出てきながら、一部は中庭を通り、別の何人かは家の中を通る。そしてジルダを引きずっていくが、彼女はハンカチで口を塞がれている。舞台を通りすぎる間にジルダはショールを落とす)

GILDA ジルダ	*(da lontano)* Soccorso, padre mio…

(遠くから)
救いの手を、父さま…

CORO 合唱	*(da lontano)* Vittoria!

(遠くから)
勝利ぞ!

GILDA ジルダ	*(più lontano)* Aita!

(さらに遠くで)
助けて!

＊原文は〝やられてしまえ〟と受動態。

RIGOLETTO
リゴレット

Non han finito ancor! qual derisione!
(Porta la mano agli occhi)
Sono bendato!...
(Si strappa impetuosamente la benda e la maschera, ed al chiarore d'una lanterna scordata riconosce la sciarpa, vede la porta spalancata, entra, trae Giovanna spaventata che fissa con istupore, si strappa i capelli e vorrebbe gridare ma non può... finalmente dopo molti sforzi esclama)

まだ終らんのか！何たるふざけた話よ！
（目に手をやる）
目隠しされとる！…
（目隠しと覆面を大急ぎでむしり取ると、放置された角灯の薄明りでショールを認め、扉が開いているのを目にし、家に入って驚き怯えるジョヴァンナを引き出してきて芒然自失して彼女を見すえ、髪を掻きむしり、叫ぼうとするができない… 最後にやっとのことに叫ぶ）

Ah! la maledizione!
(Sviene)

ああ！あの呪い！
（気を失う）

第2幕
ATTO SECONDO

Salotto nel palazzo ducale. Vi sono due porte laterali, una maggiore nel fondo che si schiude. A' suoi lati pendono i ritratti in tutta figura della Duchessa e del Duca. V'ha un seggiolone presso una tavola coperta di velluto e altri mobili.

公爵の館の広間。両脇にそれぞれ扉、正面奥に開きかけている大扉がある。その両側に公爵夫人と公爵の全身像の肖像画が掛かっている。ビロードの掛け布で覆われたテーブルの傍らに肘掛け椅子があり、さらにその他の調度品。

N. 8 Scena ed Aria　第8曲　叙唱とアリア

Scena prima
(Il Duca dal mezzo, agitato)
第1景
（中央の扉から苛立った公爵）

DUCA
公爵

Ella mi fu rapita!
E quando, o Ciel?... ne' brevi istanti,
pria che il*mio presagio interno
sull'orma corsa ancora mi spingesse!

私のあの娘が攫われた！
それも、ああ、いつ？… わずかの間だ、
胸のうちなる私の予感が
もと来た道を取って返させるまでの！

Schiuso era l'uscio! e**la magion deserta!

戸口が開いていた！ そして住まいは人気がなかった！

E dove ora sarà quell'angiol caro?
Colei che prima potea***in questo core
destar la fiamma di costanti affetti!
Colei sì pura, al cui modesto sguardo****
quasi spinto******a virtù talor mi credo!

今どこにいるのであろう、あの愛しの天使は？
あの娘、この心に初めてのこと
確かな愛情の炎を掻き立てることのできたあの娘は？
あのように清らな娘、その慎ましい目差しに
時として徳行へ導かれるかに思われるあの娘は！

＊ *un* mio presagio = 何か私の予感が。
＊＊ e = そして はない。
＊＊＊ Colei che *potè* prima / 語順と時制が異なるが意味に大差はない。
＊＊＊＊ al cui modesto *accento* = その慎ましい言葉に。
＊＊＊＊＊ quasi *tratto* a virtù = 徳行へ誘い込まれる かに。

Ella mi fu rapita!
E chi l'ardiva?... ma ne avrò vendetta!
lo chiede il pianto della mia diletta!

その娘が私から攫われてしまった！
で、誰がこれをやってのけた？… だが、この恨みは晴らす！
我が最愛の女の涙がそれを求めている！

Parmi veder le lagrime
scorrenti da quel ciglio,
quando fra il dubbio*e l'ansia
del subito periglio,
dell'amor nostro memore,
il suo Gualtier chiamò.

私には涙が見えるようだ、
あのまつ毛から流れ落ちるのが、
不意の危難の**
戸惑いと苦悶のなか
二人の恋の名残りである
彼女のグアルティエールを呼んだとき。

Ned ei poté soccorrerti,
cara fanciulla amata;
ei che vorria coll'anima,
ah,***farti quaggiù beata;
ei che le sfere agli angioli****
per te non invidiò.

だが彼はそなたを救えなかった、
愛する慕わしい乙女よ、
できるならと全霊かけ望んだ彼は、
ああ、この世においてそなたを幸せにしたいと、
天使らの世界をも
そなたゆえ羨まなかった彼は。

Scena seconda
(Marullo, Ceprano, Borsa ed altri Cortigiani dal mezzo)
第2景
(中央の扉からマルッロ、チェプラーノ、ボルサ、それに他の廷臣たち)

TUTTI Duca, Duca!
一同
公爵、公爵！

---

*fra il *duolo* e l'ansia ＝ *悲しみと苦悶のなか*。
**ここから4行は日本語の語順の都合上、対訳が原文と完全に一致した位置にない部分がある。
*** ah, はない。
**** ang*e*li と表記している。

DUCA 公爵		Ebben? はて何事？
TUTTI 一同		L'amante fu rapita a Rigoletto. 情婦を リゴレットより攫いまして。＊
DUCA 公爵		Come!＊＊e donde? 何と！ で、どこから？
TUTTI 一同		Dal suo tetto. あの者の住まいから。
DUCA 公爵		Ah ah! dite! come fu? *(Siede.)* えっ、ああ！ 申せ！ いかにしてだ？ (座る)
TUTTI 一同		Scorrendo uniti remota via brev'ora dopo caduto il dì; come previsto ben s'era in pria rara beltà＊＊＊ci si scoprì. Era l'amante di Rigoletto che, vista appena, si dileguò. 皆してある裏道を行きますと、 日が沈んで間もない時刻のことですが、 かねて十分、予想されていたごとく まれなる美女が見つかりました。 それぞリゴレットの情婦でして 女は姿見せるやすぐ消え失せました。

＊原文は〝情婦がリゴレットより攫われた〟と受動態。
＊＊ *Bella!* e d'onde? ＝ いいぞ！ で、どこから？
　ヴェルディは、ここの台詞を〝何と！〟に変えることで、公爵がユゴーの原作中の国王と異なりジルダに対して単に遊びの対象である以上の感情を持っていた、2幕冒頭のアリアは彼の真摯な思いであるとしたいと、台本作家の言葉に注文をつけた。
＊＊＊ rara *beltade* / 意味は同じ。

Già di rapirla s'avea il progetto,
quando il buffon ver noi spuntò;
che di Ceprano noi la contessa
rapir volessimo, stolto credé;
la scala quindi all'uopo messa,
bendato, ei stesso ferma tené.

すでにして我らは女を攫う目論見、
そこへ道化が来合わせまして、
きやつ、我らがチェプラーノの伯爵夫人を
攫うつもりと、愚かにも、信じ込み
そこで折しも差し掛けられた梯子をば
奴は目隠しされてしっかと押さえました。

Salimmo, e rapidi la giovinetta
a noi riusciva* quindi asportar.
Quand'ei s'accorse della vendetta
restò scornato ad imprecar.

我らはのぼり、そして素早く若い女を
そこより運び出すこと、首尾よくまいりました。
奴め、この仇討ちに気づいたとき
赤っ恥かかされたと悪態をつきおりました。

DUCA 公爵	*(al Coro)* Ma dove or trovasi la poveretta? (合唱に) だが、今、その不憫な娘はどこにおる？
TUTTI 一同	Fu da noi stessi addotta or qui. 今、ここへ、この我らにより連れこられています。

---

*ci venne fatto quinci asportar. = その場より運び出す次第となりました。

DUCA
公爵

〈Ah tutto il cielo non mi rapì!〉
(alzandosi con gioia)
〈Possente amor mi chiama,
volar io deggio a lei;
il serto mio darei
per consolar quel cor!

〈ああ、天は私からすべてを奪いはしなかった！〉*
(喜んで立ち上がりながら)
〈力強き愛が私を呼んでいる、
私は女のもとへ飛びゆかねばならぬ、
私は私の冠を与えてもよい、
あれの心を慰めるためとあれば！

Ah sappia alfin chi l'ama,
conosca alfin**chi sono,
apprenda che anco in trono
ha degli schiavi amor.〉

ああ、今ぞ知ってもらいたい、誰があれを好いているか、
今ぞ気づいてもらいたい、私が誰か、
分かってもらいたいもの、玉座にいてなお
奴隷、愛とはそうした者どもをつくることを。〉

TUTTI
一同

〈Oh qual pensiero or l'agita;
come cangiò d'umor!〉
(Esce frettoloso dal mezzo)

〈はて、いかな考えがあの方を興奮おさせした、
何とご機嫌が変わられたこと！〉
(公爵、中央の扉からそそくさと退場)

N. 9 Scena ed Aria　第9曲　叙唱とアリア

Scena terza
(Marullo, Ceprano, Borsa ed altri Cortigiani, poi Rigoletto dalla destra)
第3景
(マルッロ、チェプラーノ、ボルサ、その他の廷臣たち、続いて右手からリゴレット)

MARULLO
マルッロ

Povero Rigoletto!
哀れなリゴレット！

---

*原台本では合唱の後の公爵と廷臣たちのやりとりの順序は次のようであった。ヴェルディの考えとかなり異なるので記しておく。**公爵**〈Che sento! è dessa la mia diletta! Ah, tutto il cielo non mi rapì! = 何と聞いた！彼女だ、私の最愛の女だ！ああ、天は私からすべてを奪いはしなかった！〉(al Coro) Ma dove or trovasi la poveretta? = (合唱に)だが、今、その不憫な娘はどこにおる？　**一同** Fu da noi stessi addotta or qui. = 今、ここへ、この我らの手で連れこられています。
**conosca *appien* ～ = しかと気づいてもらいたい～

RIGOLETTO リゴレット	*(entro la scena)* La ra, la ra, la la, la ra, la ra, （舞台裏で） ララ、ララ、ララ、ララ、ララ、	
CORO 合唱	Ei vien!... silenzio! 奴が来る！… 静かに！	
RIGOLETTO リゴレット	*(Entra in scena affettando indifferenza)* la ra, la ra, la la, la ra, la rà. （無頓着を装いながら舞台に登場） ララ、ララ、ララ、ララ、ララァ。*	
TUTTI 一同	Oh**Buon giorno, Rigoletto! よう、いい塩梅で、リゴレット！	
RIGOLETTO リゴレット	〈Han tutti fatto il colpo!〉 〈皆して一発食らわせやがって！〉	
CEPRANO チェプラーノ	Ch'hai di nuovo, buffon? 何か変わりでもおありか、道化？	
RIGOLETTO リゴレット	*(contraffacendo)* Ch'hai di nuovo, buffon? Che dell'usato più noioso voi siete. （口真似をして） 何か変わりでもおありか、道化？ それはいつもにまし こなた様が疎ましいこと。	
TUTTI 一同	Ah ah ah! はっ、はっ、はっ！	
RIGOLETTO リゴレット	*(aggirandosi per la stanza e guardando ovunque)* 〈Ove***l'avran nascosta?...〉 （部屋を歩き回り、くまなくあちこち見ながら） 〈どこへ娘を隠しやがったか？…〉	

---

*原台本にはこのララ、ララの記述はなく、ト書きに "entra cantarellando con represso dolore = 苦悩を押さえて歌を口ずさみながら登場" とだけある。ここでは、ララ、ララ を入れた改訂版のものに従った。
**Oh = よう はない。
***Dove l'avran nascosta と表記。意味は同じ。

TUTTI 一同	〈Guardate com'è inquieto!〉 〈ご覧あれ、なんと落ち着かぬこと!〉	
RIGOLETTO リゴレット	*(a Marullo)* Son felice che nulla a voi nuocesse l'aria di questa notte!... (マルッロに) 手前、恭悦に、 こなた様に何もお障りなかったなら、 昨夜の風が!…	
MARULLO マルッロ	Questa notte? 昨夜?	
RIGOLETTO リゴレット	Sì... Oh, fu il bel colpo! さよう… やれ、見事な一撃でしたな!	
MARULLO マルッロ	S'ho dormito sempre! 某、ずっと眠っておった!	
RIGOLETTO リゴレット	Ah voi dormiste? avrò dunque sognato! *(S'allontana e vedendo un fazzoletto sopra una tavola ne osserva inquieto la cifra)* ほう、こなた様はお眠りに? では手前は夢を見たようで! (その場を離れ、机上のハンカチが目に留まるとそのイニシャルを不安げに調べる)	
TUTTI 一同	〈Ve' come tutto osserva!〉 〈それ、何と、すべて調べおる!〉	
RIGOLETTO リゴレット	*(gettando il fazzoletto)* 〈Non è il suo.〉 (ハンカチを投げ出して) 〈あれのではない〉 Dorme il Duca tuttor? 公爵はずっとお休みで?	
TUTTI 一同	Sì, dorme ancora! ああ、まだお休みだ!	

第2幕

Scena quarta
(Detti e un Paggio della Duchessa)
第4景
(前景の人物たちと公爵夫人付小姓)

PAGGIO / 小姓
Al suo sposo parlar vuol la duchessa.
奥方様が御前様にお話されたいと。

MARULLO* / マルッロ
Dorme.
お休みである。

PAGGIO / 小姓
Qui or or con voi non era?
たった今、こちらで皆様とご同座では？

BORSA / ボルサ
È a caccia.
狩りでおられる。

PAGGIO / 小姓
Senza paggi?... senz'armi?...
小姓衆を連れずに？… 狩り具なしに？…

TUTTI / 一同
E non capisci
che per ora vedere**non può alcuno?...
さても、分らぬか、
今は何人にもお会いになられぬと？…

RIGOLETTO / リゴレット
(che a parte è stato attentissimo al dialogo, balzando improvvisamente tra loro prorompe)
Ah! Ella è qui dunque! Ella è col Duca!
(傍らでこのやりとりに注意を集中していたが、急に彼らの間に飛び込んで叫ぶ)
ああ！ ならば、あれはここだ！ あれは公爵といっしょだ！

TUTTI / 一同
Chi?
誰が？

RIGOLETTO / リゴレット
La giovin che stanotte
al mio tetto rapiste...***
Ma la saprò riprender! Ella è là...
若い娘だ、ゆうべ
お主らが俺の家から攫ったあれよ…
だがわしは取り戻してみせる！ あれはあそこだ…****

---
*台本ではチェプラーノの台詞。
**che *vedere per ora* と語順の違い。
***台本には次に1行、一同の *Tu deliri!* = そなた、のぼせてるな！ がある。
****Ella è *qui*… = あれはここだ！ / 改訂版では初め "ella è qui = あれはここだ"、そしてここでは "ella è là… = あれはあそこだ…" となっているが、それによって最初のここは宮殿を指し、次のあそこはジルダが公爵といるだろう部屋を指すと考えられ、"あれはここだ" を二度繰返す台本よりも状況を探ろうとするリゴレットの心理がよく表れていると思われる

TUTTI 一同	Se l'amante perdesti, la ricerca altrove!	

情婦を逃がしたのなら、探せ、
別の場所を！

RIGOLETTO リゴレット	*(con accento terribile)* Io vo' mia figlia!…	

（凄まじい調子で）
わしの娘がほしいのよ！…

TUTTI 一同	La sua figlia!	

奴の娘と！

RIGOLETTO リゴレット	Sì, la mia figlia! D'una tal vittoria… che? adesso non ridete?…	

そうよ、わしの娘よ！　こうした勝利を…
どうだ？　さあ、笑わぬか？…

Ella è là… la voglio… la ridarete!*
(Si getta verso la porta che gli viene dai Cortigiani contesa)

あれはあそこだ…　あれがほしい…　あれを返してもらう！
（扉の方へ駆け寄るが、扉は廷臣たちによって阻まれる）

Cortigiani, vil razza dannata,
per qual prezzo vendeste il mio bene?
A voi nulla per l'oro sconviene,
ma mia figlia è impagabil tesor!

廷臣どもよ、邪悪な卑劣漢よ、
どれほどの値で俺の宝を売った？
金のためならお主らには何事も不都合ない、
だが俺の娘は金で計れぬ宝よ！

La rendete! o se pur disarmata
questa man per voi fora cruenta;
nulla in terra più l'uomo paventa,
se de' figli difende l'onor.

あれを返してくれ！　さもなくば、剣帯びずとも
この手はお主らゆえ血塗られることになるぞ、
人たる者、この世で何も恐れはせぬ、
我が子の名誉を守るとなれば。

---

*la *renderete* = あれを渡してもらう。

Quella porta, assassini, m'aprite!...
(Si getta nuovamente sulla porta che gli è nuovamente contesa dai gentiluomini. Lotta un pezzo coi Cortigiani poi ritorna ansante nel davanti della scena)

その扉を、極悪人ども、わしに開けてくれ!…
(再び扉に駆け寄るが、廷臣たちによって再び阻まれてしまう。しばしの間、廷臣たちとのもみ合い、その後喘ぎながら舞台前方へ戻る)

Ah! voi tutti... a me contro... venite... tutti... contro me!...

ああ! お主ら皆… わしの邪魔に… 出る… 皆… わしに邪魔を!…

(Piange.)
Ah! Ebben, piango... Marullo... Signore,
tu ch'hai l'alma gentil come il core,
dimmi tu ove l'hanno nascosta?... *
È là... non è vero?... tu taci...ohimè!

(泣く)
ええい! もう、泣けてくる… マルッロよ… 旦那、
心同様、情ある魂をお持ちのあんただ、
あんたが教えてくれ、どこへあれを隠した?…
あそこにいる… そうでないのか?… あんたは黙ってる… ああ!

Miei Signori... perdono, pietate...**
al vegliardo la figlia ridate...
il ridarla***a voi nulla ora costa,
tutto al mondo è tal figlia per me.

旦那衆… お許しを、お慈悲を…
老いぼれに娘を返してくだされ…
今あれを返してくださるは旦那衆には何ともない、
その娘が手前にはこの世におけるすべてでございますのだ。

Signori, perdono, pietà...
ridate a me la figlia
tutto al mondo è tal figlia per me.
Pietà, Signori, pietà.

旦那方、お許しを、お慈悲を…
わしに娘を返してくだされ、
この娘が手前にはこの世ですべてでございます。
慈悲を、旦那衆、お慈悲を。

---

* *Dimmi or tu dove* l'hanno nascosta?… = さあ、あんたが教えてくれ、どこへあれを隠した?… / *È là? … È vero? … tu taci! … Perchè?* = あそこにいる?…そうだな?…あんたは黙ってる!… なぜだ?
** *Ah*, perdono, pietade… = ああ、お許しを、お慈悲を…
*** *Ridonar* la a voi nulla ora costa, = 今あれをまた贈るは旦那衆には何ともない、/ tutto *il* mondo è tale figlia per me. = その娘が手前には*この世の*すべてでございます。

N. 10 Scena e Duetto　第10曲　叙唱と二重唱

Scena quinta
(*Detti e Gilda ch'esce dalla stanza a sinistra e si getta nelle paterne braccia*)
第5景
(前景の人物たちとジルダ、彼女は左手の部屋から登場し、父親の腕の中に身を投げる)

GILDA
ジルダ

Mio padre!

父さま！

RIGOLETTO
リゴレット

Dio! mia Gilda!

おお！　わしのジルダ！

(*soffocato dal pianto*)
Signori... in essa... è tutta
la mia famiglia... Non temer più nulla...
angelo mio!

(涙に息をつまらせて)
旦那衆… この娘に… これがすべての
手前の家族なんで… もう何も恐がることはない…
わしの天使よ！

(*ai Cortigiani*)
fu scherzo!... non è vero?
Io che pur piansi or rido...

(廷臣たちに)
戯れでしたな！… そうでないと？
泣きもした手前、今は笑います…

(*a Gilda*)
E tu a che piangi?

(ジルダに)
なのにおまえ、なんで泣く？

GILDA
ジルダ

Ah l'onta,* padre mio!

ああ、辱しめを、わたしの父さま！

RIGOLETTO
リゴレット

Cielo! Che dici?

まさか！　何を言う？

GILDA
ジルダ

Arrossir voglio innanzi a voi soltanto...

顔を赤らめるのは父さまの前だけにしたいの…

---

*Il ratto... l'onta, o padre!... = 人攫いです… 辱しめを、父さま！…

RIGOLETTO リゴレット	Ite di qua voi tutti! Se il Duca vostro d'appressarsi osasse… ch'ei non entri gli dite! e ch'io ci sono! *(Si abbandona sul seggiolone)*	

お主らみんな、ここを出てってくれ!
お主らの公爵が近づこうとでもしたら…
入らぬよう言ってくれ! それにわしがいると!
(肘掛け椅子に倒れ込む)

TUTTI 一同	*(tra loro)* 〈Co' fanciulli e coi dementi spesso giova il simular. Partiam pur, ma quel ch'ei tenti non lasciamo d'osservar.〉 *(Escono dal mezzo e chiudono la porta)*	

(互いに)
〈小人相手、愚人相手のときは
しばしば嘘を装うのが得策となる。
さあ、行くぞ、だが奴がしでかそうこと、
監視するのをやめまいぞ。〉
(中央の扉から退場し、扉を閉める)

Scena sesta
(Gilda e Rigoletto)
第6景
(ジルダとリゴレット)

RIGOLETTO リゴレット	Parla… siam soli.	

お話し… 二人きりだ。

GILDA ジルダ	〈Ciel! dammi coraggio!〉	

〈神様! わたしに勇気をくださいませ!〉

Tutte le feste al tempio
mentre pregava Iddio,
bello e fatale un giovine*
offriasi**al guardo mio...
se i labbri nostri tacquero,
dagli occhi il cor parlò.

祝日にいつもお御堂で
神様にお祈りしているとき
麗しく魅惑あふれる若い方が
わたしの目の前に現れるのでした…
二人の唇は黙していても
心は眼差しで語りました。

Furtivo fra le tenebre
sol ieri a me giungeva...
Sono studente e povero,
commosso, mi diceva,
e con ardente palpito
amor mi protestò.

密やかに闇にまぎれその方は
きのう初めてわたしのところへ来られ…
僕は学生、そして貧しいと
感動深く、わたしに言われるのでした、
そして胸の鼓動も高く
愛を打ち明けられました。

Partì... il mio core aprivasi
a speme più gradita,
quando improvvisi entrarono***
color che m'han rapita,
e a forza qui m'addussero
nell'ansia più crudel.

その方が去られ… わたしの心は開かれていました、
ますます喜び誘う希望へと、
するとそのとき不意に入ってきて、
あのわたしを攫った人たちが、
そして無理矢理ここへ連れきました、
この上なくひどい不安のうちに。

---

*giovane と表記。意味は同じ。
**s'offerse al guardo mio / 意味に大差はないが改訂版は習慣的にいつもという時制の半過去、台本は現れましたと完了する時制の遠過去を用いている。
***improvvisi apparvero = 不意に現れて。

RIGOLETTO リゴレット	⟨Ah!*Solo per me l'infamia a te chiedeva, o Dio! ch'ella potesse ascendere quanto caduto er'io…
	⟨ああ！我にだけ不名誉をと 御身に願い申した、神よ！ あれが高みへ昇れるように、 我が身が低きへ落ちてしもうただけと…
	Ah presso del patibolo bisogna ben l'altare! ma tutto ora scompare… l'altar si rovesciò!⟩
	ああ、絞首台のかたわらには 祭壇こそあらねばならぬに！ だが今やすべてが消え失せる… 祭壇は覆ってしまった！⟩
	Ah!**piangi, fanciulla, scorrere fa il pianto sul mio cor!
	ああ！お泣き、娘よ、流せばいい、 その涙はわしの胸のうえに！
GILDA ジルダ	Padre, in voi parla un angiol per me consolator!
	父さま、そのお身のうちで、天使が語っていますのね、 わたしのため慰めの天使が！
RIGOLETTO リゴレット	Compiuto pur quanto a fare ci***resta lasciare potremo quest'aura funesta.
	なすべくわしらに残されたこと、とにかくしおおせたら この忌まわしい場を去るのがよかろう。
GILDA ジルダ	Sì.
	はい。
RIGOLETTO リゴレット	⟨E tutto un sol giorno cangiare potê!⟩
	⟨やれ、ただ一日が何もかも変え得たとは！⟩

---

*台本では Ah! の代わりに次の2行がある。Non dir… non più, mio angelo ＝ 言うな… もういい、わしの天使よ／T'intendo, avverso ciel! ＝ 貴様のことは分かっているぞ、敵意ある天め！
**Ah! はなく、piangi, fanciulla, *e* scorrere ＝ お泣き、娘よ、そして流せばいい。
***quanto a fare *mi* resta〜 ＝ なすべくわしに残されたこと〜

第 2 幕

Scena settima
(Detti, un Usciere e il Conte di Monterone, che dalla destra attraversa il fondo della sala fra gli alabardieri)

第 7 景
(前景の人物たち、先導役一人とモンテローネの伯爵、彼は広間の奥を鉾槍を持つ衛兵たちが両側に立ち並ぶ間を右手から横切る)

UN USCIERE
先導役

(alle guardie)
Schiudete! ire al carcere Monteron dee...

(衛兵たちに)
開けなされ! モンテローンが牢へまいる…

MONTERONE
モンテローネ

(fermandosi verso il ritratto)
Poiché fosti invano da me maledetto!
né un fulmine o un ferro colpisce*il tuo petto!
felice pur anco, o Duca, vivrai...
(Esce fra le Guardie dal mezzo)

(立ち止まり、肖像画に向かって)
わしに呪われて験ないとあれば!
雷電もまた剣も貴公の胸撃たずとあれば!
まだなおも幸多く、公爵よ、生きるがよい…
(衛兵に囲まれ中央の扉から退場)

RIGOLETTO
リゴレット

O vecchio,**t'inganni! un vindice avrai!

ご老体よ、それは違う! 貴公は復讐、叶いますぞ! ***

Scena ottava
(Rigoletto e Gilda)

第 8 景
(リゴレットとジルダ)

RIGOLETTO
リゴレット

(con impeto, volto al ritratto)
Sì, vendetta, tremenda vendetta
Di quest'anima è solo desio...
Di punirti già l'ora s'affretta,
che fatale per te tuonerà.

(激して肖像画の方へ振り向いて)
そうよ、復讐、凄まじい復讐が
この魂、ただ一つの願望よ…
うぬを罰する時は急ぎ来る、
それはうぬに死を告げ鳴り渡ろうぞ。

---

* *colpiva* il tuo petto = 貴公の胸撃たなかったとあれば。
** *No*, vecchio 〜 = いや、ご老体 〜
*** 原文の表現は 〝あなたは復讐者を持たれよう〟

Come fulmin scagliato da Dio
te colpire il buffone saprà.*

　神により放たれる雷電のごとく
　この道化、うぬを撃つことできようぞ。

GILDA　O mio padre qual gioia feroce
ジルダ　balenarvi negli occhi vegg'io!...
Perdonate... a noi pure una voce
di perdono dal Cielo verrà.

　わたしの父さま、何という残忍な喜びが
　お目をよぎるのが見えるのでしょう！…
　許してさしあげて… そしたらわたしたちにもまた
　天からお許しの声が届くことでしょう。

〈Mi tradiva, pur l'amo; gran Dio!
per l'ingrato ti**chiedo pietà!〉
(Escono dal mezzo)

　〈わたしを裏切られた、でもあの方が好き、お偉い神様！
　あのひどいお方のため御身にお慈悲を乞い願います！〉
　（二人、中央の扉から退場）

---

* *il buffone colpirti saprà* と語順が異なる。
** 改訂版は "vi" chiedo pietà としてあるが、神に対する人称は台本に従って "ti" をとることにした。

第3幕
ATTO TERZO

Deserta sponda del Mincio. A sinistra è una casa a due piani, mezzo diroccata, la cui fronte, volta allo spettatore, lascia vedere per una grande arcata l'interno d'una rustica osteria al piano terreno, ed una rozza scala che mette al granaio, entro cui, da un balcone, senza imposte, si vede un lettuccio. Nella facciata che guarda la strada è una porta che s'apre per di fuori; il muro poi è sì pien di fessure, che dal di fuori si può facilmente scorgere quanto avviene nell'interno. Il resto del teatro rappresenta la deserta parte del Mincio, che nel fondo scorre dietro un parapetto in mezza ruina; al di là del fiume è Mantova. È notte.

ミンチョ川の人気ない川岸。左手になかば崩れかけた二階建ての家があり、観客の方へ向いたその前面は、大きなアーチ状の開口部を通して、一階には田舎じみた居酒屋の内部と雑な造りの階段が見え、その階段は納屋へと通じ、納屋の中には鎧戸（よろいど）のないバルコニーから粗末な寝台が見える。道路に面している正面には外開きの扉＊がある。また壁はひび割れだらけで、そのために外側から内部で起こるすべてが容易に窺える。舞台のそれ以外の部分はミンチョ川ほとりの人気ない場所になり、川は舞台奥でなかば壊れた手摺（てすり）の後方を流れている。川向うはマントヴァの町。夜である。

N. 11 Scena e Canzone　第11曲　叙唱とカンツォーネ

Scena prima
(Gilda e Rigoletto inquieto sono sulla strada, Sparafucile nell'interno della casa,** seduto presso la tavola, sta ripulendo il suo cinturone, senza nulla intendere di quanto accade al di fuori)
第1景
（ジルダと落ち着きのないリゴレットが路上におり、建物の中ではテーブルの傍らに腰掛けたスパラフチーレが外で起こっていることにまったく注意することなく、銃を吊す帯皮を手入れしている）

RIGOLETTO　リゴレット	E l'ami?　ならば、あれが恋しい？
GILDA　ジルダ	Sempre.　やっぱり。
RIGOLETTO　リゴレット	Pure tempo a guarirne t'ho lasciato.　さても思い直すため暇をやったに。
GILDA　ジルダ	Io l'amo!!　わたし、あの方が恋しい!!

＊改訂版では外開きであるが、台本では内開きとある。いくつかの総譜やレコードのブックレットの対訳を参照するとどちらもある。
＊＊nell' interno dell'*osteria* = 居酒屋の中では。

RIGOLETTO リゴレット	Povero cor di donna! Ah il vile infame! Ma ne*avrai vendetta, o Gilda!	

哀れな女心よ！　ああ、あの恥知らずの卑劣漢！
だがおまえはこの復讐果すことになる、ジルダよ！

GILDA
ジルダ
Pietà, mio padre…

お慈悲を、父さま…

RIGOLETTO
リゴレット
E se tu certa fossi
Ch'ei ti tradisse, l'ameresti ancora?

ではおまえ、確かであっても、
あの男がおまえを裏切っていると、それでもまだ恋せると？

GILDA
ジルダ
Nol so… ma pur m'adora!

分かりません… でもわたしを大事に思っておいでに！

RIGOLETTO
リゴレット
Egli?

あいつが？

GILDA
ジルダ
Sì.

ええ。

RIGOLETTO
リゴレット
Ebbene,
osserva dunque.
(La conduce presso una delle fessure del muro ed ella vi guarda)

ようし、
それなら見てみるのだ。
(彼女を壁の亀裂の一つのところへ連れていき、彼女は中を見る)

GILDA
ジルダ
Un uomo
vedo.

男の人が一人
見えます。

RIGOLETTO
リゴレット
Per poco attendi.

しばらくお待ち。

＊ne がなく、*Ma avrai vendetta* = だがおまえは復讐果すことになる。

Scena seconda
(Detti, ed il Duca, che, in assisa di semplice officiale di cavalleria, entra nella sala terrena per una porta a sinistra)
第2景
(前景の人物たちと公爵、彼は下級騎兵士官の制服姿で左手の扉から階下の部屋へ入ってくる)

GILDA ジルダ	*(trasalendo)* Ah padre mio! (びくっとして) まあ、父さま!
DUCA 公爵	*(a Sparafucile)* Due cose, e tosto… (スパラフチーレに) 二つをだ、 すぐに…
SPARAFUCILE スパラフチーレ	Quali? 何をで?
DUCA 公爵	Tua sorella*e del vino… あんたの妹と葡萄酒を…
RIGOLETTO リゴレット	〈Son questi i suoi costumi!〉 〈これぞあいつの行状よ!〉
SPARAFUCILE スパラフチーレ	〈Oh il bel zerbino!〉 *(Entra nell' interno)*** 〈やれ、大した色男よな!〉 (内側へ入る)

---

* *Una stanza* e del vino… = 部屋と葡萄酒を… / 台本ではこのように〝部屋と酒〟とあり、これまでの演奏では多くこちらが取られているが、ヴェルディはフェニーチェ劇場の支配人に宛てた手紙で、公爵が逢引の約束もなく町外れのうらぶれた宿へ行くなんてことがあるだろうか?と言っている。またユゴーの原作でも〝女〟となっている。妹を部屋に変えたのは当時の検閲を懸念してのことと考えられる。
**台本では (Entra *nella stanza vicina* = 隣の部屋へ入る)

DUCA 公爵	La donna è mobile qual piuma al vento, muta d'accento e di pensiero. Sempre un amabile leggiadro viso, in pianto o in riso, è menzognero.

女は気まぐれ、
風に舞う羽根のように、
言うこと変わり
思いもまた。
いつとて可愛い
優しげな顔、
だが泣くも笑うも
嘘いつわり。

È sempre misero
chi a lei s'affida,
chi le confida
mal cauto il core!
Pur mai non sentesi
felice appieno
chi su quel seno,
non liba amore!

いつとて哀れ、
女を信じてしまう奴、
女に渡してしまう奴、
うかうかとその心！
さりとてけして味わえぬ、
十分に幸せと、
その女の胸に
情け啜らぬ奴は！

SPARAFUCILE
スパラフチーレ

(*Rientra con una bottiglia di vino e due bicchieri che depone sulla tavola: quindi batte col pomo della sua lunga spada due colpi al soffitto. A quel segnale una ridente giovane, in costume di zingara, scende a salti la scala. Il Duca corre per abbracciarla, ma ella gli sfugge. Frattanto Sparafucile, uscito sulla via, dice a parte a Rigoletto*)
È là il vostr'uomo... viver dee o morire?

(葡萄酒の瓶一本とグラス二つを持って戻ってきて、それらをテーブルにおく。それから彼の長い剣の柄で二度、天井を突く。それを合図に笑顔を浮かべたジプシー姿の若い女が足取り軽く階段を降りてくる。公爵、彼女を抱きしめようと駆け寄るが、彼女はそれを擦り抜ける。その間にスパラフチーレは路上へ出ると、リゴレットを舞台脇に呼んで言う)

あんたの男はあそこですぜ… 生きることに、それとも死なにゃあ?

RIGOLETTO
リゴレット

Più tardi tornerò l'opra a compire!
(*Sparafucile si allontana dietro la casa lungo il fiume*)

あとで戻って話をつける!

(スパラフチーレ、家の後ろを川沿いに遠ざかる)

N. 12 Quartetto　第12曲　四重唱

Scena terza
(*Gilda e Rigoletto nella via. Il Duca e Maddalena nella stanza terrena*)
第3景
(路上にジルダとリゴレット。階下の部屋に公爵とマッダレーナ)

DUCA
公爵

Un dì, se ben rammentomi,
o bella, t'incontrai,
mi piacque di te chiedere,
e intesi che qui stai.

いつだったか、思い出せば確か、
別嬪さん、君に出会ってね…
君の消息、尋ねたいと思ううち
ここにいると知ったのだ。

Or sappi che d'allora
sol te quest'alma adora.

今こそ分かってくれ、あれ以来
この心は君だけに焦がれていると。

GILDA
ジルダ

Iniquo!

ひどいこと!

MADDALENA マッダレーナ	Ah ah! e vent'altre appresso le scorda forse adesso?... Ha un'aria il signorino da vero libertino...

あはは、はは！なら回りの数あるほかの女、
もしや今はそんなのお忘れとでも？…
この若旦那、風情をお持ちだわね、
本物の遊び人の…

DUCA 公爵	Sì?... un mostro son... *(per abbracciarla)*

そうかな？… わたしは訳知りさ…
(彼女に抱きつこうとして)

GILDA ジルダ	Ah padre mio!...

ああ、父さま！…

MADDALENA マッダレーナ	Lasciatemi, stordito.

放してちょうだい、
お馬鹿さん。

DUCA 公爵	Ih, che fracasso!

えいくそ、なんて騒ぎよう！

MADDALENA マッダレーナ	Stia saggio.

分別なさいな。

DUCA 公爵	E tu sii docile, non farmi tanto chiasso!

なら君はおとなしくおし、
あんまり騒ぎ立てないで！

Ogni saggezza chiudesi
nel gaudio e nell'amore...

あらゆる分別、封じるものさ、
快楽やら恋の沙汰ではね…

(Le prende la mano)
La bella mano candida!

(彼女の手をとる)
真っ白いきれいな手だ！

MADDALENA マッダレーナ	Scherzate voi, signore.

ふざけてるのね、あんた、お客さん。

DUCA 公爵		No, no.
		いや、いや。
MADDALENA マッダレーナ		Son brutta!
		あたし不器量よ！
DUCA 公爵		Abbracciami!
		僕を抱いておくれ！
MADDALENA マッダレーナ		Ebbro!
		ご酩酊ね！
DUCA 公爵		*(ridendo)* D'amore ardente!
		（笑いながら） 燃える恋に！
MADDALENA マッダレーナ		Signor, l'indifferente vi piace canzonar?
		お客さん、その気ない女を＊ からかうのがお好きなの？
DUCA 公爵		No, no, ti vo' sposar!…
		いや、いや、君と結婚したい！…
MADDALENA マッダレーナ		Ne voglio la parola…
		その約束、ほしいわね…
DUCA 公爵		*(ironico)* Amabile figliuola!
		（皮肉っぽく） 愛らしいお嬢さん！
RIGOLETTO リゴレット		*(a Gilda che avrà tutto osservato ed inteso)* E non ti basta ancor!＊＊
		（一部始終を目にして悟ることになったジルダに） で、まだおまえには十分でないと！

＊ 〝その気ない女〟とは女の側からその気がないとも公爵にとってその気のない女とも、両方に解せる。改訂版では、ここに見るような台本によるカンマの位置を変えて "Signor l'indifferente, / vi piace canzonar?" としている。こうなると意味は大きく変わり、l'indifferente は〝冷たい人〟となって公爵を指し、それに〝～さん〟というような Signor がついたことになり、〝冷たいお客さん、/ からかうのがお好きなの？〟といった意味になる。スコアでは l'indifferente の後に休符があるところから、その位置にカンマを入れたと考えられるが、この対訳ではシンタックスからより自然と思われる方を取って〝その気ない女〟とした。
＊＊ *Ebben?…ti basta ancora?* = よかろう？…もうおまえにだって十分だな？

第3幕

GILDA / ジルダ

Iniquo traditor!

ひどい裏切者!

DUCA / 公爵

Bella figlia dell'amore
schiavo son de' vezzi tuoi;
con un detto sol tu puoi
le mie pene consolar!
Vieni, e senti del mio core
il frequente palpitar.

美しい恋の娘よ、
僕は君の魅惑の虜、
ほんの一言で君はできる、
僕の心痛、慰めること!
ここへ来て聞いてごらん、僕の胸の
激しい鼓動を。

MADDALENA / マッダレーナ

Ah! ah! rido ben di core,
chè tai baie costan poco;
quanto valga il vostro gioco,
mel credete, so apprezzar.
Son*avvezza, bel signore,
ad un simile scherzar!

あはは! はは! 心底、笑っちゃうわ、
そんな戯言、お金がかかるわけじゃなし、
あんたのおふざけどれほどのものか、
いいこと、あたし値踏みできるのよ。
あたしは慣れっこってもの、お客さん、
こんなふうな冷やかしには!

GILDA / ジルダ

Ah così parlar d'amore
a me pur l'infame ho udito!
Infelice cor tradito,
per angoscia non scoppiar.
Perchè, o credulo mio core,**
un tal uom dovevi amar?

ああ、こんなふうに恋を
あのひどい方があたしにも語るの聞いたわ!
裏切られた不幸な心よ、
苦悶のあまり張り裂けてしまわないで。
なぜ、信用しやすいわたしの心よ、
あんな男の人を愛さなければいけなかったの?

---

*Sono avvezzaと表記。意味は同じ。
**これと次の行は台本にはあるが、ヴェルディの手稿では消されている。シカゴ版は総譜から除いている。ここでは他の3人の台詞が6行で整っているところから、ジルダだけ4行と変則になるのを避けて入れておく。

RIGOLETTO リゴレット	*(a Gilda)* Taci, il piangere* non vale; che ei mentiva sei sicura… Taci e mia sarà la cura la vendetta d'**affrettar. Sì pronta fia, sarà fatale, io saprollo fulminar.
	（ジルダに） お黙り、泣いて何の甲斐もない、 あいつが嘘をついていたのは今やおまえも確か… もうお黙り、こうなればわしの手中にある、 急いで仇を討つ段取りは。 そうよ、仇討ちは用意されよう、避け得なかろう、 わしは奴を雷撃できることになろう。
	M'odi!… ritorna a casa… oro prendi, un destriero, una veste viril che t'apprestai, e per Verona parti… Sarovvi io pur doman…
	お聞き!… 家へ帰るのだ… 金貨を持って、馬に乗り おまえのため用意した男の服を着て それでヴェローナへお発ち… わしも明日はそっちへ行こうから…
GILDA ジルダ	Or venite… 今、おいでに…
RIGOLETTO リゴレット	Impossibil. 駄目だ。
GILDA ジルダ	Tremo. 怖いの。
RIGOLETTO リゴレット	Va! *(Gilda parte.)* 行くんだ！ （ジルダ退場）

---

* pianger で最後の e はない。
** *ad* affrettar ／ 意味は同じ。

N. 13 Scena, Terzetto e Tempesta　第13曲　叙唱と三重唱と嵐

(Durante la scena quarta e la seguente il Duca e Maddalena stanno fra loro parlando, ridendo, bevendo. Partita Gilda, Rigoletto va dietro la casa e ritorna parlando con Sparafucile e contando delle monete)
(第4景および次景の間、公爵とマッダレーナは二人で話し、笑い、飲んでいる。リゴレット、ジルダが立ち去ると家の後ろへ回り、スパラフチーレと話しながら、そして硬貨を数えながら戻ってくる)

Scena quarta
(Sparafucile, Rigoletto, il Duca e Maddalena.)
第4景
(スパラフチーレ、リゴレット、公爵、それにマッダレーナ)

RIGOLETTO
リゴレット
Venti scudi hai tu detto? Eccone dieci...
e dopo l'opra il resto.
Ei qui rimane?

スクード貨*20枚と言ったな？　それ、ここに10枚…
で、残りは仕事のあとに。
奴はここに泊まるのか？

SPARAFUCILE
スパラフチーレ
Sì.

ああ。

RIGOLETTO
リゴレット
Alla mezza notte
ritornerò.

真夜中に
戻ってこよう。

SPARAFUCILE
スパラフチーレ
Non cale...
A gettarlo nel fiume basto io solo.

気遣い無用…
奴を川に投げるにゃあっし一人で十分。

RIGOLETTO
リゴレット
No, no, il vo' far io stesso.

いや、いいや、それはこのわし自身でやりたい。

SPARAFUCILE
スパラフチーレ
Sia!... il suo nome?

よかろう！… 奴の名は？

＊19世紀の国家統一前のイタリアで各地の君主、諸侯、都市国家などが発行した金貨、あるいは銀貨。

RIGOLETTO リゴレット	Vuoi saper anche il mio? Egli è *Delitto, Punizion* son io. *(Parte. Il cielo si oscura e tuona e si vedrà un lampo)* わしのも知りたいか？ あいつは「罪」、わしは「罰」よ。 (退場。空が曇り、雷が鳴り、稲光が見える)

Scena quinta

(Detti, meno Rigoletto)

第5景

(リゴレットを除いた前景の人物たち)

SPARAFUCILE スパラフチーレ	La tempesta è vicina!... più scura fia la notte! 嵐が近いな！… 夜はますます暗くなろうぜ！
DUCA 公爵	Maddalena? *(per prenderla)* マッダレーナ？ (彼女を抱こうとして)
MADDALENA マッダレーナ	*(sfuggendogli)* Aspettate... mio fratello viene... (彼から身をかわしながら) 待ってちょうだい… あたしの兄さんが 来るわ…
DUCA 公爵	Che importa? *(S'ode il tuono)* 何の気にすることがある？ (雷鳴が聞こえる)
MADDALENA マッダレーナ	Tuona! 雷が鳴ってる！
SPARAFUCILE スパラフチーレ	*(entrando in casa)* E pioverà tra poco! (家に入ってきながら) さても、じき雨になろうぜ！

DUCA 公爵		Tanto meglio!* *(a Sparafucile)* Tu dormirai in scuderia… all'inferno! ove vorrai.

なおさら結構！
(スパラフチーレに)
おまえには寝てもらう、
厩舎（うまごや）か… 地獄か！ 好きなところで。

SPARAFUCILE スパラフチーレ	Oh**grazie.

ほう、有り難い。

MADDALENA マッダレーナ	*(piano al Duca)* ⟨Ah no… partite.⟩

(公爵に小声で)
⟨ああ、駄目… お帰んなさい。⟩

DUCA 公爵	*(a Maddalena)* ⟨Con tal tempo?⟩

(マッダレーナに)
⟨こんな天気に？⟩

SPARAFUCILE スパラフチーレ	*(piano a Maddalena)* ⟨Son venti scudi d'oro!⟩

(マッダレーナに小声で)
⟨スクード金貨20だぞ！⟩

(al Duca)
Ben felice
d'offrirvi la mia stanza… se a voi piace
tosto a vederla andiamo!
(Prende un lume e s'avvia per la scala)

(公爵に)
まったき幸せ、
あっしの部屋をおたくに貸すなんざ… よけりゃあ
すぐそこを見にまいりましょうぜ！
(明りを持ち、階段の方へ向かう)

DUCA 公爵	Ebben! sono con te… presto, vediamo! *(Dice una parola all'orecchio a Maddalena e segue Sparafucile)*

ようし！ お前についていく… 早いとこ、見てみよう！
(一言マッダレーナに耳打ちしてスパラフチーレの後に従う)

---

*台本にはこの前に Io qui mi tratterrò… = 俺はここに居残るとしよう… がある。
**Oh はない。

MADDALENA マッダレーナ	⟨Povero giovin! grazioso tanto! Dio! qual*notte è questa!⟩

⟨可愛そうな若い衆！ あんな感じいいのにさ！
ああ！ 今夜は何て夜なんだか！⟩

DUCA 公爵	*(giunto al granaio, vedendone il balcone senza imposte)* Si dorme all'aria aperta! bene, bene! Buona notte!

(納屋に上がると、そこの鎧戸のないバルコニーを見ながら)

吹きさらしで寝るのか！ よし、よし！
おやすみ！

SPARAFUCILE スパラフチーレ	Signor, vi guardi Iddio!

旦那、神がご加護したまうよう！

DUCA 公爵	*(Depone il cappello, la spada, e si stende sul letto)* Breve sonno dormiam... stanco son io!

(剣や帽子を脇におき、寝台に横たわる)

ひと眠り寝るとするか… 私は疲れた！

(Ripetendo la canzone si addormenta)
La donna è mobile
qual piuma al vento,
muta d'accento
e di pensiero,
(addormentandosi a poco a poco)
muta d'accento
e di pen...
(Maddalena frattanto siede presso la tavola, Sparafucile beve dalla bottiglia lasciata dal Duca. Rimangono ambidue taciturni per qualche istante, e preoccupati da gravi pensieri)

(先のカンツォーネを繰り返しながら眠る)

女は気まぐれ、
風に舞う羽根のように、
言うこと変わり
思いもまた、
(次第にうとうとして)
言うこと変わり
思いも…
(その間マッダレーナはテーブルのところに座り、スパラフチーレは公爵の飲み残しの瓶から酒を飲んでいる。二人とも重苦しい思いで不安になり、しばしの間、沈黙している)

---

*Qual *mai* notte è questa = まったく今夜は何て夜なんだか！

MADDALENA マッダレーナ	È amabile invero cotal giovinotto.	

ほんと人好きするよ、あの若い衆は。

SPARAFUCILE スパラフチーレ	Oh sì... venti scudi ne dà di prodotto...	

おお、そうよ… 奴は金貨20枚がとこ儲けになる…

MADDALENA マッダレーナ	Sol venti!... son pochi!... valeva di più!	

たった20!… 少ないね!… もっと値打ちあるだろうに!

SPARAFUCILE スパラフチーレ	La spada, s'ei dorme, va... portami giù! *(Maddalena sale al granaio e contempla il dormente. Ripara alla meglio il balcone e scende)*	

剣を、やつが眠ってたら、行って… 下へ持ってこい!
(マッダレーナ、納屋へ上がり、眠っている公爵をしげしげと眺める。バルコニーをどうにか閉め、それから下りてくる) *

Scena sesta
(Detti e Gilda che comparisce dal fondo della via in costume virile, con stivali e speroni, e lentamente si avanza verso l'osteria, mentre Sparafucile continua a bere. Spessi lampi e tuoni)
第6景
(前景の人物たちとジルダ、彼女は男装して拍車のついた長靴を履いて道の奥から姿を現わし、そしてゆっくり居酒屋の方へ進み、一方スパラフチーレは飲み続けている。何度も稲光と雷鳴)

GILDA ジルダ	Ah più non ragiono!... Amor mi trascina!... mio padre, perdono...	

ああ、もう分別がつかないの!…
恋がわたしを引きずるの!… わたしの父さま、お許しを…

(Tuona)
Qual notte d'orrore! Gran Dio, che accadrà?

(雷が鳴る)
なんて恐ろしい夜! お偉い神様、どうなるのでしょう?

MADDALENA マッダレーナ	*(Sarà discesa ed avrà posata la spada del Duca sulla tavola)* Fratello!	

(すでに階下へ下り、公爵の剣をテーブルの上に置いている)
兄さん!

GILDA ジルダ	Chi parla? *(Osserva pella fessura)*	

誰が話してるの?
(割れ目から覗き込む)

---

*台本ではこの間、マッダレーナの台詞 Peccato!... è pur bello! = 惜しいよ!… やっぱり美男だもの! がある。

SPARAFUCILE スパラフチーレ	*(frugando in un credenzone)* Al diavol ten va.	
	（大きな戸棚の中を掻き回して捜しながら） くそっ、なんてこった。*	
MADDALENA マッダレーナ	Somiglia un Apollo quel giovine... io l'amo... ei m'ama... riposi... nẽ più l'uccidiamo...	
	あの若い衆、アポロ**みたいだよ… あたしあいつが好きさ… あいつもあたしが好き… 寝かしとこうよ… もう殺さないで…	
GILDA ジルダ	Oh cielo! *(ascoltando)*	
	まあ、まさか！ （聞き耳を立てながら）	
SPARAFUCILE スパラフチーレ	*(gettandole un sacco)* Rattoppa quel sacco!	
	（マッダレーナに袋を投げて） その袋、繕っときな！	
MADDALENA マッダレーナ	Perchẽ?	
	なぜさ？	
SPARAFUCILE スパラフチーレ	Entr'esso il tuo Apollo, sgozzato da me, gettar dovrò al fiume!	
	そん中へ入れて、俺に喉かっ切られたお前のアポロを 川に投げなきゃならんのよ！	
GILDA ジルダ	L'inferno qui vedo!	
	ここは地獄を見るよう！	
MADDALENA マッダレーナ	Eppure il danaro salvarti scommetto, serbandolo in vita.	
	けど、お金、無事に手に入ること請合うよ、 あいつを生かしといても。	
SPARAFUCILE スパラフチーレ	Difficile il credo.	
	そりゃないと思うが。	

＊原文本来の意味は〝悪魔んとこへ行きやがれ〟
＊＊ギリシア神話の太陽神アポロは美男の代名詞。

MADDALENA マッダレーナ	Ascolta*.. anzi facil ti svelo un progetto.
	お聞きよ… それどころか手軽なやり口、教えるよ。

De' scudi, già dieci dal gobbo ne avesti?
venire cogli altri più tardi il vedrai…
Uccidilo, e venti allora ne avrai,
così tutto il prezzo goder si potrà.

金貨のうち10枚はもうあいつからもらってるね？
残りを持ってあとであれが来るのを見たら…
やっておしまいよ、そうすりゃ20、手に入る、
それで全額ものにできるってわけさ。

SPARAFUCILE スパラフチーレ	Uccider quel gobbo!… che diavol dicesti? Un ladro son forse? Son forse un bandito? Qual altro cliente da me fu tradito? Mi paga quest'uomo… fedele m'avrà.
	あのあいつをやるだと！… なんてひでえこと言いやがった？ 俺はまさか盗人か？ まさか山賊か？ 俺がこれまでほかのどんな客を裏切ったってんだ？ ** あの男は俺に金を払う… で、俺の忠義立てを受けるんだ。
GILDA ジルダ	Che sento! mio padre!
	なんてことを耳に！ わたしの父さまを！
MADDALENA マッダレーナ	Ah grazia per esso!
	ああ、あの人に目こぼしを！
SPARAFUCILE スパラフチーレ	È d'uopo ch'ei muoia…
	あいつが死にゃいいのさ…
MADDALENA マッダレーナ	Fuggire il fo adesso! *(Va per salire)*
	今から逃がしてやる！ (階段を上がりかける)
GILDA ジルダ	Oh buona figliuola!
	まあ、いいお人！
SPARAFUCILE スパラフチーレ	*(trattenendo Maddalena)* Gli scudi perdiamo.
	(マッダレーナを引き留めながら) 大金、損するぞ。

* *M'ascolta*… = あたしの言うこと、お聴きよ…
** 原文は〝ほかのどんな客が俺に裏切られた〟と受け身。

MADDALENA マッダレーナ	È ver!... そうだけど!…
SPARAFUCILE スパラフチーレ	Lascia fare... 任せときな…
MADDALENA マッダレーナ	Salvarlo dobbiamo. あの人、助けてやらなきゃ。
SPARAFUCILE スパラフチーレ	Se pria che abbia il mezzo la notte toccato alcuno qui giunga, per esso morrà. もし真夜中を打つまえに 誰かここへ来やがれば代わりに死んでもらおう。
MADDALENA マッダレーナ	È buia la notte, il ciel troppo irato, nessuno a quest'ora di qui passerà. 夜は闇だし空はひどく荒れてるし 誰もこんな時間にここに寄りゃしない。
GILDA ジルダ	Oh qual tentazione!... morir per l'ingrato?... morire!... e mio padre!... Oh cielo, pietà! *(Battono le undici e mezzo)* ああ、なんて誘惑!… 不実な人のため死ぬの?… 死ぬ!… そしたら父さまは!… ああ、もう、許して! (11時半が鳴る)
SPARAFUCILE スパラフチーレ	Ancora mezz'ora.* まだ、半時間。
MADDALENA マッダレーナ	*(piangendo)* Attendi, fratello... (泣きながら) 待ってよ、兄さん…
GILDA ジルダ	Che? piange tal donna!.... Né a lui darò aita?... Ah s'egli al mio affetto**divenne rubello, io vo' per la sua gettar la mia vita... *(Picchia alla porta.)* まあ? あの人だって涙を!… わたしがあの方をお助けしなくていいの?… ああ、あの方はわたしの思いに背かれたけれど わたしはあの方の命の代わりに自分のを差し出したい… (扉を叩く)

*Ancora *c'è* mezz'ora. = まだ半時間ある。
**al mio *amore* divenne rubello = あたしの愛に背かれたけれど。

MADDALENA マッダレーナ	Si picchia? 叩いてる?	
SPARAFUCILE スパラフチーレ	Fu il vento! *(Gilda torna a bussare)* 風さね! (ジルダ、再び叩く)	
MADDALENA マッダレーナ	Si picchia, ti dico! 叩いてるってば!	
SPARAFUCILE スパラフチーレ	È strano!... Chi è? 妙よな!… どなたで?*	
GILDA ジルダ	Pietà d'un mendico, asil per la notte a lui concedete. 物乞いにお情けを、 この者に夜の宿をお恵みください。	
MADDALENA マッダレーナ	Fia lunga tal notte! 今夜は長くなるね!**	
SPARAFUCILE スパラフチーレ	Alquanto attendete. *(Va a cercare nel credenzone)* 少しばかりお待ちを。 (戸棚の中を探しにいく)	
SPARAFUCILE スパラフチーレ	Ebbene... son pronto, quell' uscio dischiudi; più ch'altro gli scudi mi preme salvar!*** *(Gilda picchia di nuovo)* ようし… 用意はできた、その戸を開けろ、 ほかの何より大枚救うのが俺には大事よ!	
MADDALENA マッダレーナ	Su, spicciati, presto, fa l'opra compita: anelo una vita coll****altra salvar! さあ、急いで、早く、仕事かたづけちまって、 どうしても命一つ救いたいの、別のでもって!	

---

*台本では〝誰?〟と聞くのはマッダレーナの台詞になっている。
**長い夜といえば死を意味する。ここでは殺しをやろうということになる。
***台本では台詞はこの重唱で終わり、あとはト書きのみとなる。ト書きはここに見る〝スパラフチーレ、短剣を手にして〜〟のあとに〝E tutto resta sepolto nel silenzio e nel buio = それからすべて静寂と闇に沈んだままになる〟の一節がある。
**** *con* altra = 誰か別のでもって。

GILDA ジルダ	Ah presso alla morte, sì giovine, sono! Oh ciel per questi*empi ti chieggo**perdono... Perdona tu, o padre, a quest' infelice!... sia l'uomo felice ch'or vado a salvar. *(Gilda picchia di nuovo)* ああ、わたしはこんなに若くて死ぬことに! ああ、神様、このひどい人たちのためお許しを乞います… 許して、父さま、この不幸な娘を!… 幸せでありますよう、これからお救いしようとするあの方が。 (ジルダ、また戸を叩く)
MADDALENA マッダレーナ	Spicciati! 早くしてよ!
SPARAFUCILE スパラフチーレ	Apri! 開けろ!
MADDALENA マッダレーナ	Entrate! お入んなさい!
GILDA ジルダ	Dio!... Loro perdonate!... 神様!… この人たちをお許しください!…
MADDALENA e SPARAFUCILE マッダレーナと スパラフチーレ	Entrate!... お入り!

(Sparafucile va a postarsi con un pugnale dietro alla porta; Maddalena apre e poi corre a chiudere la grande arcata di fronte, mentre entra Gilda, dietro a cui Sparafucile chiude la porta)

(スパラフチーレ、短剣を手にして扉の陰に身をおく。マッダレーナは戸を開け、それから前面の大きなアーチ状の開口部を閉めに走り、一方、ジルダが入ってくるとスパラフチーレは彼女の背後で扉を閉める)

---

*pe*gli* empi〜 = ひどい人たちのため〜
**chieggo を chiedoと表記。意味は同じ。

N. 14 Scena e Duetto Finale 第14曲 叙唱と終幕の二重唱

Scena settima
(Rigoletto solo si avanza dal fondo della scena chiuso nel suo mantello. La violenza del temporale è diminuita, né più si vede e sente che qualche lampo e tuono)
第7景
(リゴレット一人、マントにくるまり舞台奥から進み出る。嵐の激しさは弱まり、時折の稲光と雷鳴のほか見えず、聞こえなくなっている)

RIGOLETTO
リゴレット

Della vendetta! alfin giunge l'istante!
Da trenta dì l'aspetto
di vivo sangue a lagrime piangendo
sotto la larva del buffon! Quest'uscio!…
(esaminando la casa)
è chiuso! Ah non è tempo ancor!
S'attenda!

復讐の！ その瞬間がついに到来する！
この30日来、これを待っていた、
熱い血の涙に泣きくれながら
道化の仮面のうらで！ この戸口か！…
(家の様子を探りながら)
閉まっている！ ああ、まだ時間でないか！
待つとしよう！

Qual notte di mistero!
una tempesta in cielo!
in terra un omicidio!

何たる不可思議の夜よ！
空に嵐が！
地には人殺しが！

Oh come invero qui grande mi sento!
(L'orologio suona mezzanotte)
Mezzanotte!
(Picchia alla porta)

ああ、今、何とも、実に自分が大きく感ぜられることよ！
(真夜中の鐘が鳴る)
真夜中！
(戸を叩く)

Scena ottava
(Detto e Sparafucile dalla casa)
第8景
(前景の人物と家の中からスパラフチーレ)

SPARAFUCILE / スパラフチーレ
Chi è là?
そこに誰だ?

RIGOLETTO / リゴレット
(per entrare)
Son io!
(中へ入りかけて)
わしよ!

SPARAFUCILE / スパラフチーレ
Sostate!
(Rientra e torna trascinando un sacco)
È qua spento il vostr'uomo!
そこにいてくんなさい!
(中へ引っ込み、袋を引きずりながら戻ってくる)
あんたの男はここでお陀仏ですぜ!

RIGOLETTO / リゴレット
Oh, gioia! Un lume?*
ああ、嬉しや! 明かりは?

SPARAFUCILE / スパラフチーレ
Un lume!* No! il danaro!
(Rigoletto gli dà una borsa)
明かり! いや! 金を!
(リゴレット、彼に財布を渡す)

Lesti all'onda il gettiam!
早いとこ、これを水に投げやしょう!

RIGOLETTO / リゴレット
No! basto io solo!
いいや! わし一人で十分!

SPARAFUCILE / スパラフチーレ
Come vi piace… Qui men atto è il sito…
Più avanti è più profondo il gorgo… Presto
che alcun non vi sorprenda… Buona notte!
(Rientra in casa)
お好きに… ここは場所がよくないですぜ…
もっと先なら流れがもっと深い… 早く
誰かがあんたを見咎めないうちに… おやすみなすって!
(家の中へ引っ込む)

Un lume! = 明りを!、次のスパラフチーレは Un lume? = 明りだって? と ! と ? の使い方が入れ替わっている。

第3幕

Scena nona
(Rigoletto, poi il Duca a tempo)
第9景
(リゴレット、続いて頃合よく公爵)

RIGOLETTO
リゴレット

Egli è là! Morto! Oh sì! vorrei vederlo!
Ma che importa?... è ben desso!... Ecco i suoi sproni!...

奴がそこに！ 死んで！ おお、そうよ！ 奴を見てやりたい！
だがなんの必要がある？… まさに奴よ！… そら、奴の拍車さ！…

Ora mi guarda, o mondo!
Quest'è un buffone, ed un potente è questo!...
Ei sta sotto i miei piedi!... È desso! oh gioia!

さても手前をご覧めされ、皆々様！
こちらは道化師、してこちらは権勢様！…
それがわしの足下にいる！… 奴さ！ ああ、嬉しや！

È giunta alfin! la tua vendetta, o duolo!
Sia l'onda a lui sepolcro,
un sacco il suo lenzuolo! All'onda! all'onda!＊
(Fa per trascinare il sacco verso la sponda, quando è sorpreso dalla lontana voce del Duca, che nel fondo attraversa la scena)

ついに到来したぞ！ おまえの復讐は、苦悩よ！
水が奴の墓場となり
袋が奴の経帷子(きょうかたびら)となれ！ 水中へ！ 水中へ！
(河岸の方へ袋を引きずっていこうとすると、そのとき舞台後方を横切る公爵の遠くから聞こえる声に驚愕する)

DUCA
公爵

La donna è mobile
qual piuma al vento,
muta d'accento
e di pensiero.
Sempre un amabile
leggiadro viso,
in pianto o in riso,
è menzognero.
(perdendosi a poco a poco in lontano)

女は気まぐれ、
風に舞う羽根のように、
言うこと変わり
思いもまた。
いつとて可愛い
優しげな顔、
だが泣くも笑うも
嘘いつわり。
(次第に遠くへ去っていきながら)

＊All'onda! all'onda! は台本にない。

RIGOLETTO リゴレット	Qual voce! Illusion notturna è questa!
	何の声! これは夜の迷いよ!
	(trasalendo) No, no! Egli è desso!... *(verso la casa)* Maledizione! Olà! dimon! bandito!
	（身震いして） いいや、いや! あれはあいつ!… （家の方へ向かって） ちくしょう! やい! 悪魔め! 盗人め!
	Chi mai, chi è qui in sua vece? *(Taglia il sacco)*
	いったい誰が、誰が奴の身代りにここにいる? （袋を切り裂く）
	Io tremo! È umano corpo!... *(Lampeggia)*
	身震いがする! 人の体だが!… （稲妻が光る）

Scena ultima
(Rigoletto e Gilda)
最終景
（リゴレットとジルダ）

RIGOLETTO リゴレット	Mia figlia! Dio! mia figlia!
	わしの娘! 何と! わしの娘!
	Ah no! è impossibil! per Verona è in via!
	ああ、いいや! そんなはずはない! ヴェローナへの道中だ!
	Fu vision! È dessa! *(inginocchiandosi)* Oh mia Gilda! fanciulla? a me rispondi? l'assassino mi svela!... Nessuno! *(Picchia disperatamente alla porta)* nessun! mia figlia? mia Gilda? oh mia figlia!
	幻だったか! あの子だ! （跪きながら） ああ、わしのジルダ! 娘よ? わしに答えてくれるな? 下手人を明かしてくれ! おい?… 誰もいないか! （必死で戸を叩く） 誰もいない! わしの娘が? ジルダ? ああ、わしの娘が!

GILDA ジルダ	Chi mi chiama?	
	誰がわたしを呼ぶの？	
RIGOLETTO リゴレット	Ella parla? si muove!... è viva!... oh Dio!	
	娘が口をきく？ 動く!… 生きてる!… ああ、神よ！	
	Oh mio ben solo in terra! mi guarda... mi conosci...	
	ああ、この世でただ一人のわしの愛する者よ！ わしを見てくれ… わしと分かってくれ…	
GILDA ジルダ	Ah... padre mio!...	
	ああ… わたしの父さま！…	
RIGOLETTO リゴレット	Qual mistero!... che fu?... sei tu ferita? dimmi?... *	
	なんたる不可思議!… 何があった？… おまえ、傷を負ってか？ 言ってくれるな？…	
GILDA ジルダ	L'acciar... qui... mi piagò... (indicando al core)	
	剣が… ここを… わたしを傷つけて… (胸を指して)	
RIGOLETTO リゴレット	Chi t'ha colpita?	
	誰がおまえをやった？	
GILDA ジルダ	V'ho ingannato! colpevole fui! L'amai troppo! ora muoio per lui!	
	父さまを騙したの！ わたしが悪かったの！ あの方があまり恋しかったから！ 今、あの方に代わって死にます！	
RIGOLETTO リゴレット	〈Dio tremendo! Ella stessa fu colta! dallo stral di mia giusta vendetta!〉	
	〈恐るべき神！ ほかならぬ娘が射られたとは！ 俺の正義に適う復讐の矢に！〉	
	Angiol caro... mi guarda, m'ascolta... parla... parlami, figlia diletta?	
	愛しい天使… わしを見てくれ、聞いてくれ… 口をおきき… わしに口をきいてくれるな、最愛の娘よ？	

＊この台詞は台本にない。

GILDA ジルダ	Ah ch'io taccia... a me... a lui perdonate!... Benedite... alla figlia... o mio padre!	

ああ、わたし、黙らせておいて… わたしを… あの方を許して!…
祝福してくださいな… 娘のために… わたしの父さま!

Lassù in cielo, vicino alla madre...
in eterno per voi pregherò.

向こうのお空で、母さまのそばで…
いつまでも父さまのためお祈りします。

RIGOLETTO
リゴレット

Non morir... mio tesoro pietate...
mia colomba... lasciarmi non dei...

死ぬな… わしの宝よ、後生だ…
わしの小鳩… わしをおいていってはならぬ…

Se t'involi... qui sol rimarrei...
non morire... o qui*teco morrò!... Oh, mia figlia!

お前が飛び立てば… わしはここに一人残るのだぞ…
死ぬな… でないとわしは今もうおまえと死ぬ!… ああ、娘よ!

GILDA
ジルダ

Non più... a lui... perdonate...
Mio padre!... Addio!...

もうだめ… あの方を… 許して…
わたしの父さま!… さようなら!…

Lassù in ciel! pregherò!
per voi... preghe...
(La voce muore)

向こうのお空で! 祈ります!
父さまのため… 祈り…
(声が消える)

RIGOLETTO
リゴレット

Gilda! mia Gilda!... È morta!...
Ah! la maledizione!
(Strappandosi i capelli cade sul cadavere della figlia)

ジルダ! わしのジルダ!… 死んだ!…
ああ! あの呪いだ!
(髪を搔きむしりながら、娘の遺骸の上に倒れる)

---

*o *ch'io* teco morrò! = でないとわしはおまえと死ぬことに!

訳者あとがき

　ヴェルディはある知人への手紙に書いています、「《リゴレット》は私の最も優れたオペラだ」と。また「リブレットも最も素晴らしいものの一つだ、詩句を別にすれば」とも。台本作家にとっては少々皮肉な言葉ですが、《リゴレット》まですでに16作を世に問い、音楽語法ばかりか作劇法にも独自の境を見出していたヴェルディは、ユゴーの戯曲が優れたオペラのリブレットになることに確信があったその一方、いわば旧来型の台本作家のピアーヴェが彼にもたらした詩句には入朱の要ありと感じたというわけでしょう。ピアーヴェの手稿そのものは失われてしまったそうで、台本として今にいたるのは1851年の初演時にヴェネツィアのガスパリ印刷所で作製されたものです。作曲に際してヴェルディは自身の音楽性と作劇感覚によって台本の詩句に入朱しましたので、総譜に書き込まれた歌詞と1851年ヴェネツィア版と呼ばれる印刷された台本では、違いが見られます。シカゴ大学の研究グループはその差異をヴェルディの総譜の手稿に照らして厳密に検証し、ヴェルディ自身が望んだ通りの歌詞を導き出しました。もちろん手稿の音楽上の検証はそれ以前に十全になされ、これに先の歌詞が付され、リコルディ社との共同編集で校訂版総譜になりました。音楽評論家の髙崎保男氏によれば、これが現在、最も信頼すべき譜面であり、歌詞であり、演奏の主流もこれによるようになってきているとのことです。

　《リゴレット》は1851年の初演ですが、ヴェルディが原作の『王様はお楽しみ』（1832年パリで初演）のオペラ化を考えていたことはすでに49年のメモにうかがえます。その後、完成までには紆余曲折がありました。原作は初演一度限りで不穏当な芝居として上演禁止になりましたが、20年後にも体制側の検閲を通ることは困難が予想され、最初に台本を依頼されたカンマラーノはそれを理由に断念、あとを受けたピアーヴェもフェニーチェ劇場の支配人ともども当局との交渉に苦戦を強いられました。最終的には二度の改作でタイトルは《呪い》、《ヴァンドーム公》を経て《リゴレット》に、背景はパリのフランス国王フランソワ一世の宮廷から北イタリアのマントヴァ公の宮廷に変更することで実現したのでした。その間の詳しい経緯はスペースの制限もあってここでは省きますが、髙崎氏の多くの著、また先のシカゴ大学出版の "The Works of Giuseppe Verdi" をご覧いただければと思います。ひとつだけ、イタリアには他にも華やかな宮廷の伝統を誇る町々がありながらなぜマントヴァが舞台に選ばれたか、それについて私見をはさみますと、16世紀のマントヴァにバルデサール・カスティリオーネという詩人、文人、外交官がいたからではないかと考えます。この人物はマントヴァ公のゴンザーガ家につらなる名門に生まれ、ミラノ、マントヴァ、ウルビーノの宮廷、また法王庁に仕えながら、後世読みつがれる名著『宮廷論』（1528年出版）を著わ

しています。問答集形式のこの著で語られているのは、宮廷に生きる人間いかにあるべきかで、それによれば男性は文武両道に優れ、高徳、音楽や詩作をなし、優雅な立ち居振る舞い、色情に流されることなく、女性には内面の美徳を求めるべきとあります。マントヴァ出身の文人の描く宮廷人の理想からおよそ遠そうな《リゴレット》中の公爵とその宮廷。皮肉を込めて、《リゴレット》ではマントヴァが舞台に選ばれたのではないでしょうか。

この対訳のテキストは、髙崎氏のご指導を得て、シカゴ大学校訂によるリコルディ社の総譜を基底に作成しました。その間、先にも言及した1851年出版の台本も私なりに調べ、またシカゴ大学の校訂版の詩句の解釈上の問題点も浅学ながらあえて取り上げ、注をつけました。そのために脚注が多く煩わしいページもあるかと思われますが、参考にしていただけたら幸いです。ト書きは、ヴェルディの手稿の総譜では台本に比べてかなり少ないため、校訂版は総譜と台本をほとんど併記していてそのため重複する部分がありますが、この対訳では読みやすさの点から整理を加え、重複部分は取り去りました。折衷型とのご批判もあるかと思いますが、ご了承いただければ幸いです。

対訳に付した曲番と景の番号については、髙崎氏によれば、すでにこの時期のヴェルディはそれまでのオペラの伝統を抜け出て手稿の総譜で景あるいは場による区分をしていない、ヴェルディの付したのは曲番のみ、という点から景の区分はないほうがこの16作目の時期のヴェルディによりふさわしいとのご意見でした。そのように対訳の作業を進めるつもりでしたが、台本として考えるなら景の区分が理解の助けになるかとも思われ、ヴェルディの曲番とピアーヴェの台本の景の番号の両方を便宜上記しました。髙崎氏には無理をお願いし、音楽上は必ずしも最適ではないこの方法をとることに目をつむっていただきました。

《リゴレット》にはすでに他の方々が力をつくされた対訳があります。私が今また対訳を試みるとなると、何か新たな意味がなければならないでしょう。そこで考えましたのは、美しい日本語で台本全体の展開を知るという翻訳でなく、対訳という性質上、原文にあくまで忠実に、原文の各行ごとにそれに対応する日本語を対置する作業を試みるということでした。それによって、作曲家が原語の歌詞に付した音楽を聴きながら、あるいは原語のテキストを追いながら、作曲家が原語に託したそのままを日本語で知ることができるかと思われます。問題は訳語の読みづらさです。言語体系の異なるイタリア語と日本語のあいだで逐語的変換をするのは難しく、またそこに出てくる日本語の訳語は不自然で、意味がとりにくくなってしまいます。この訳は分かりにくいとお叱りを受けるかと思います。しかし、翻訳ではなく、音楽に従いながらその箇所の意味をそのまま日本語で知ることをめざすものとしてご理解をいただければ幸いですし、できればこの対訳を通過点として、読者の方々がそれぞれの解釈で、それぞれの美しい日本語のお訳

をしてくださればと思います。

　このシリーズの特徴である歌詞のブロック分けは、音楽に焦点をおくか台本の詩形を重視するか、また音楽の切れ目もどう解釈し、判断するかなど非常に難しい点がありました。考えに考え、これなら万全という結論に達することができず、最終的にはこのオペラ対訳ライブラリーの「実際にオペラを聴きながら原文と訳文を同時に追うことが可能な行数」という主旨にそれなりに従い、処理をしました。また重唱の部分は、それを示す線引きで表記しましたが、これも譜面通りに正確に記すのは難しく、同時に歌われる目安というほどでご了承いただければ幸いです。

　今回の対訳でも、髙崎保男氏には先に記したようにお教えをいただきました。ほかにも多くの貴重なご意見、ご忠告を賜りました。心から感謝申し上げます。また対訳には語学上の疑問が少なからずありましたが、それにはラテン語にも造詣の深いマルコ・ビオンディ氏が答えてくださいました。ありがとうございました。そして編集の労をとってくださり、非力な私を励ましながら訳語にまで注意をはらってくださった池野孝男氏、また私の我がままのクッション役になってくださっている音楽之友社の石川勝氏にお礼を申し上げます。

　対訳には自分なりの注意を捧げたつもりですが、浅学の身のこと、不備、間違いなどありましたらお教えいただきたく、読者の皆様にお願いいたします。

2001年3月10日　対訳者

訳者紹介

小瀬村幸子（こせむら・さちこ）

東京外国語大学イタリア科卒業。同大学教務補佐官、桐朋学園大学音楽学部講師、昭和音楽大学教授を歴任。訳書に、R.アッレーグリ『スカラ座の名歌手たち』、C.フェラーリ『美の女神イサドラ・ダンカン』、R.アッレーグリ『真実のマリア・カラス』など。イタリア語・フランス語オペラ台本翻訳、オペラ字幕多数。

オペラ対訳ライブラリー
ヴェルディ リゴレット

2001年5月5日　第1刷発行
2024年5月31日　第12刷発行

訳　者　小瀬村幸子
発行者　時枝　正

東京都新宿区神楽坂6-30
発行所　株式会社 音楽之友社
電話 03(3235)2111(代)
振替 00170-4-196250
郵便番号 162-8716
印刷　星野精版印刷
製本　誠幸堂

Printed in Japan
乱丁・落丁本はお取替えいたします。

装丁　柳川貴代

ISBN 978-4-276-35556-9 C1073

この著作物の全部または一部を権利者に無断で複製(コピー)することは、著作権の侵害にあたり、著作権法により罰せられます。

Japanese translation©2001 by Sachiko KOSEMURA